詞學十講

詞學大師
龍沐勛的最後講義

TEN LECTURES ON CI:
THE LAST LECTURE OF THE GREAT LYRICIST

龍沐勛 原著
蔡登山 主編

現代詞學的奠基人之一的龍沐勛

蔡登山

說到龍沐勛，詞學的愛好者幾無人不知。他的《唐宋名家詞選》、《近三百年名家詞選》以及《唐宋詞格律》數十年風行海內外，歷久不衰。龍沐勛從黃季剛、陳石遺學詩，從朱祖謀（彊邨）修音韻學和詩詞。先後在上海暨南大學、上海音樂學院、廣州中山大學、南京中央大學等校任教授。自一九二九年開始撰寫詞學論文，對詞的起源、詞的發展、詞的創作、詞的藝術風格及作家作品進行了全面的探討，重點著眼於唐宋詞，奠定了現代詞學研究的基礎。還有《唐宋詩學概論》、《唐宋詞格律》、《中國韻文史》、《詞曲概論》、《詞學十講》、《風雨龍吟室叢稿》、《東坡樂府箋》，皆為詩詞界矚目之作。其詞學成就與夏承燾、唐圭璋並稱，是二十世紀最負盛名的詞學大師之一。

龍沐勛（一九〇二—一九六六），又名元亮，字榆生，號忍寒。出生於江西萬載。在家族中行七，故又自稱龍七。生平愛竹，四十歲後又自署籜公。父龍賡言是光緒庚寅恩科（一八九〇年）進士，和文廷式、蔡元培、董康是同榜，後來做了二三十年的州縣官，一直是兩袖清風。母親楊玉蘭是其繼室，生子女四人，在龍沐勛五歲時就去世。由於生母早逝，童年的龍沐勛「溫飽學習無人關心，因而身體瘦弱，性情孤僻；十歲前，只在鐘祥、隨州唸過一年多初小，在家鄉讀過一年蒙館。」十歲那年父親棄官歸里，在家鄉創辦集義小學，龍沐勛在〈苜蓿生涯過廿年〉的回憶文章（以下所引，皆此文，不再註明）中說：「我和我的幾個堂兄弟也做了那所學校裡的基本隊伍……他教學生相當的嚴厲。每天叫學生們手鈔古文以及《史記》列傳、顧氏《方輿紀要總序》、《文選》、杜詩之類，每個學生都整整的鈔了幾厚本，鈔了便讀，讀了要背，直到顛來倒去，沒有不能成誦的，方才罷手。一方面又叫學生們點讀《通鑑》，每天下午大家圍坐起來，我父親逐一發問，有點錯句子，或解釋不對的，立即加以糾正。一星期之內，定要做兩次文章。……單說我個人，經過這一番嚴格訓練，一年之後，便可洋洋灑灑的提起筆來，寫上一篇兩千字的很流暢的議論文。到了高小畢業，就學會了做駢文詩賦。」

高小畢業後，龍沐勛並沒有再進任何學校。他說：「我在高小畢業之後，便抱著一種雄心，想不經過中學和大學預科的階段，一直跳到北大本科國文系去。那時我有一個堂兄名叫沐光的，在北大國文系肄業。一個胞兄名叫沐棠的，在北大法科肄業。他們兩個，都和北大那時最有權威的教授黃季剛先生很要好。每次暑假回家，總是把黃先生編的講義，如《文字學》、《音韻學》、《文心雕龍札記》之類，帶給我看。我最初治學的門徑間接是從北大國文系得來，這是無庸否認的。我那堂兄還把我的文章帶給黃先生看，黃先生加了一些獎誘的好評，寄還給我，並且答應幫忙我直接往入北大本科。後來我在十七歲的那一年，生了一場大病，幾乎一命嗚呼。……等我病體回復健康，黃先生在北大，也被人家排擠，脫離他往了。我的父親因為供給三個子姪的學費，和幾十口的大家庭生活，積年廉俸所入，也消耗的差不多了。我只好打銷這升學北大的念頭，努力在家自修，夢想做一個高尚的『名士』。」

一九二一年春，大病初癒後，受新思潮影響，開始不安於封閉落後的江西，於是由堂兄沐光介紹，前往武昌從黃侃（季剛）學習聲韻、文字及詞章之學，邊在黃侃家中教其次子念田讀《論語》。他說：「黃先生除聲韻文字之學致力最深外，對於做詩填詞，也是喜歡的。他替我特地評點過一本《夢窗四稿》。我後來到上海，得著朱彊邨先生的鼓勵，專從詞的一方面去努力，這動機還是由黃先生觸發的。」

一九二三年春，龍沐勛將妻兒安置在九江丈人陳古漁家中，然後他隻身到上海，開始他執教四方的生涯。首先由同鄉郭一岑之介紹，到上海北四川路橫濱橋的神州女學教高小最高年級的兩班國文，但因他不諳吳語，教了一個多月，就還給教務主任謝六逸去兼了。他回到武昌去看黃侃，因黃侃之介任教於武昌私立中華大學附中，但僅三個月就辭職，率妻兒返鄉過年。

龍沐勛說：「我回家不到幾天，忽然接著上海轉來的電報，說有一位朋友張馥哉先生——他是北大國文系畢業，也就是當時所謂黃門四大金剛之一。……要我到廈門陳嘉庚先生辦的集美學校去，代他的課。……我毫不躊躇的，又動了遠遊之念了。登時回了一個電報，答應下來。就在正月初三的那一天，辭了老父，別了妻子，冒著大風雪，獨自一個人坐著山轎，走了兩天，到萍鄉搭火車，轉到武昌，順流東下，經過上海，取得馥哉的介紹信，換上太古公司的海船，一直漂到廈門去。」同年秋天，龍沐勛被聘為集美學校中學部正式教員。在這段期間他還不斷地認真學習，他說：「我在集美四年半的時間，除掉一心一意的教書改文外，——我做專任教員，只教兩班國文，每週擔任教課十二小時，隔一週作文一次，時間是相當充裕的。——就是跑到圖書館去借書來看。我這時感覺我的常識太缺乏了，就是在國學方面，也算不得有了怎樣深的造詣。所以我就努力的向各方面去尋求新的知識，把時人的作品，不拘新舊，以及翻譯的文學、哲學、社會科學等等，涉獵了許多。又深恨我往年不曾多學習外國語，以致不能直接去讀西洋書籍。聽到人家說，讀東文比較容易，我就特地買了不少的日本書，請同事黃開繩先生——他是東京帝國大學畢業的，後來染了肺病死了！——來教我讀了兩三個月，因為黃先生吐血，不便打擾他做這義務教師，這事就中途而廢了，我至今還引為大憾！」

當時詩壇老將陳石遺（衍）在廈門大學任國文系主任，龍沐勛說：「那時我在集美教過的學生邱立，已經升入廈大，從他老先生去受業了。我反而由學生的介紹，拿點詩給他老先生看，他說我的絕句很近楊誠齋。……我這纔深深的佩服他老先生的眼光不錯，也就備了些贄儀，向他碰了頭，拜在他的門下。從這以後，我常常渡海到廈大去，向石遺先生領教——他給我論詩的信札，整整的一大本，可惜那年由滬南遊嶺表，在海船中遺失了！」

一九二八年九月，因陳石遺的介紹，出任上海暨南大學中文系講師，教各體文。又因陳石遺的介紹，得以拜謁詩詞大家夏敬觀（吷庵）。他說：「最初器重我的是新建夏吷庵先生，他做了一篇〈豫章行〉贈給我。先後見過了陳散原、鄭蘇戡、朱彊邨、王病山、程十髮、李拔可、張菊生、高夢旦、蔡孑民、胡適之諸先生，我不管他們是新派舊派，總是虛心去請教，所以大家對我的印象，都還不錯。我最喜親近的，要算散原彊邨二老。我最初送詩給散原蘇戡兩位老先生去批評，散老總是加著密圈，批上一篇叫人興奮的句子，蘇翁比較嚴格些，我只送三四首詩給他看，只吃著二十八個密圈子。我因為在暨南教詞的關係，後來興趣就漸漸的轉向詞學那一方面去，和彊邨的關係，也就日見密切起來。……我總是趁著星期之暇，跑到他的上海寓所裡，去向他求教，有時替他代任校勘之役，儼然自家子弟一般。他有時候填了新詞，也把稿子給我看，要我替他指出毛病。我敬謝不敢，他說：『這個何妨，你說得對，我就依著你改，說得不對，也是無損於我的』。這是何等的襟度，我真感動到不可言說了！他替我揚譽，替我指示研究詞學的方針，教我不致自誤誤人，這是我終身不能忘的。」

龍沐勛一九三〇年在上海曾與「旅滬詞流如番禺潘蘭史（飛聲）、寧鄉程子大

（頌方）、歙縣洪澤丞（汝闓）、吳興林鐵尊（鯤翔）、如皋冒鶴亭（廣生）、新建夏劍丞（敬觀）、湘潭袁伯夔（思亮）、番禺葉玉虎（恭綽）、吳縣吳湖帆、義寧陳彥通（方恪）、閩縣黃公渚等二十餘人約結『漚社』，月課一詞以相切磋，共推先生（朱彊邨）為盟主」，當時龍沐勛「年最少，與先生往還最密。屢欲執贄為弟子，而先生謙讓未遑也。先生嘗語予：『生平不敢抗顏為人師。除任廣東學政時所得士例稱門生外，不曾接受談詞者列弟子籍。有以此請，即為轉介於臨桂況蕙風（周頤）。』」（見〈彊邨晚歲詞稿跋〉）。

對於朱彊邨，龍沐勛又說：「在他老先生臨歿的那一年，恰值『九一八』事變。他在病中，拉我同到石路口一家杭州小館子叫知味觀的，喫了一頓便飯，說了許多傷心語。後來他在病榻，又把他平常用慣的硃墨二硯傳給我，叫我繼續他那未了的校詞之業。並且託夏吷庵先生替我畫了一幅〈上彊邨授硯圖〉（案：一九三一年十月繪），他還親眼看到。」朱彊邨是希望龍沐勛傳其衣缽。龍沐勛於一九三二年又請吳湖帆繪「授硯廬圖」，是為第二幅。又請陳散原作《受硯廬圖題記》，並乞夏閏枝、張孟劬、邵瑞彭等詞人題詞，懸之書宅中，雨夕燈窗，治詞學時，恒從其吸取精神力量，終身服膺彊邨詞學而不倦。龍沐勛說：「我從他下世之後（案：

朱彊邨歿於一九三一年十二月三十日），就把所有的遺稿，帶到暨南新村去整理。『一二八』的晚上，我用我的書包，把這些稿件，牢牢的抱在身邊，首先把它送入『安全地帶』。後來就在音樂院（案：國立音樂專科學校）的一間僅可容膝的地下室裡，費了幾個月的功夫，把它親手校錄完竣。同時得著汪先生（案：汪精衛）和于右任、劉翰怡、陳海綃、葉遐庵、李拔可、林子有、趙叔雍諸先生的資助，刊成了一部十二本的《彊邨遺書》。我和汪先生的關係，也是從這個因緣來的。」

汪精衛在一九〇一年應廣州府試第一，因深受當時廣東學政朱彊邨及廣東水師提督李準的賞識，所以汪精衛一直對朱彊邨持弟子禮。一九三二年七月二十二日汪精衛從南京行政院寫信給上海的龍沐勛，函曰：

榆生先生惠鑑：

奉誦手書並大著，佩仰兼至。

彊邨師葬事未竣，至用掛懷。弟與右任先生談及，尚無定議。如彊邨師在日曾營生壙，則誠宜尊其遺志。未可擅作紛更。世變方殷，妥靈宜早。誠如尊論。如窀穸有期，尚祈示知。俾得稍盡棉力。是所至感。餘不一一。專此敬請台安！

弟汪兆銘頓首　七月二十二日

龍沐勛在一九二八年秋冬間，曾應國立音樂院（案：一九二九年九月改名為國立音樂專科學校）教務主任兼代院長蕭友梅（時院長蔡元培）之請，代易孺（大厂）上課，講授詩詞。他以詞與音樂之關係極為密切，宋末始不復被之管弦，歷元明而就衰敝，他試圖就商重振詩樂合一之宏圖於音樂專科學校諸先生，遂不顧兩校相距數十里之遙，毅然前往兼課。從此到一九四〇年春，他在該校兼課十二年，也與音樂結下了不解之緣。據錢仁康的〈龍榆生先生的音樂因緣〉文中說：「榆師在音專教課，十分認真負責。音專同學很少對詩詞發生興趣，榆師循循善誘，培養出了不少能寫詩詞的學生。早期學生劉雪庵就是在榆師栽培下，擅長作詞兼作曲的多才多藝的學生。我也是在榆師的栽培下，粗通寫作詩詞的門徑。……『一・二八』事變後，榆師過閘北舊居，看到閘北一帶被日軍大肆破壞，只剩下斷垣殘壁的淒慘景象，在滿懷悲憤中寫下了〈過閘北舊居〉的歌詞，由劉雪庵同學譜曲，音專聲樂組學生在音樂會上演唱，唱到『斷瓦殘垣，經幾多灰飛彈炸。問何人毒手相加，深仇不報寧容罷』時，聽眾無不咬牙切齒，同仇敵愾。淞滬抗戰停戰後，榆師到音專上課，見校園裡的玫瑰凋零，景物全非，仍用『龍七』為筆名，寫了〈玫瑰三願〉的歌詞以寄感慨，黃自先生馬上把它譜寫成了一首聲情並茂的藝術歌曲，不僅在當時的音樂會上經常演唱，至今還是許多聲樂家的保留節目。」另外還有李惟寧作曲的〈秋之禮贊〉、〈逍遙遊〉和〈嘉禮樂章〉，以及後來由錢仁康作曲的〈小夜曲〉、〈春朝曲〉、〈滄浪吟〉、〈骸骨舞曲〉、〈是這筆桿兒誤了我〉、〈山雞救林火〉、〈一朵鮮花〉、〈梅花曲〉等，優美的歌詞都出自龍沐勛之手。

一九三三年年六月初，曾被魯迅譏諷、指斥過的作家曾今可，會同張資平、胡懷琛等受過魯迅嘲笑的文人，聯絡了黎錦明、傅彥長、張鳳、龍榆生等一些文化界朋友，組織一個文藝漫談會。並於七月一日出版《文藝座談》半月刊第一期，其中刊登白羽遐的〈內山書店小坐記〉，誣陷內山完造是日本偵探，並以此攻擊魯迅。對此，章石承在〈榆師在暨南大學及其後情況之零星回憶〉文中說：「一九三三年六月底，上海無行文人曾今可（案：原文以×××代之）因受魯迅及左翼作家之揭發、批判，不甘失敗，遂組織力量反攻，以《新時代月刊》社名義，邀請文藝界人士、大學文科教授舉行『文藝座談會』，並託人再三邀請暨南大學張鳳教授及榆師出席。孰意曾今可於次日報刊上登載消息，謂出席『文藝座談會』者皆係反攻魯迅及左翼作家機關報《文藝座談》之發起人。榆師對此極為氣憤，晤及中文系曹聚仁教授時說：『上海地方真不容易做人，他們再三叫我去談談，只吃了一些茶點，就算數了，我又出不起廣告費』。……榆師極鄙視曾今可之為人，稱之為墮落文人。曾今可曾以其『解放詞』集〈落花〉寄贈，冀得榆師片言隻語之褒，以為抬高其身分之資本。榆師洞燭其陰謀，置之不理。」

一九三三年下學期暨南大學在國民黨CC系的策動下，發生驅逐校長鄭洪年風潮，在混亂中派來了高等教育司長沈鵬飛以調停為名，接任校長職務。暨南大學在沈鵬飛長校期間，變得十分混亂，黨派鬥爭，益趨白熱化，實已無法維持，一九三五年六月，國民政府教育部任命何炳松為國立暨南大學校長。章石承又說：「何炳松先生任暨南大學校長，鄭振鐸先生為文學院院長，鄭以榆師多病，遽發表教授一人代理系主任職務。榆師遂憤而辭職，改應廣州中山大學之聘，任中文系主任兼詞學教學工作。中文系同學聞訊，推代表向校方提出挽留，無效。舉行惜別會，到會八十餘人。先由中文系同學代表致辭，提出校方不以學生學業為重，隨意更換詞壇素負盛名之主任，表示憤慨。繼由榆師講話，感情激動，聲淚俱下，於是師生均大哭。於此可見榆師在學生中之聲望與師生感情之親密。」

龍沐勛說在一九三五年暑假之前，「就接著中山大學的聘書，鄒海濱校長又再三託斠玄（案：陳鐘凡）來函勸駕，說胡先生（案：胡漢民）希望我到那邊去，把中文系辦好。胡先生在六月初放洋，前往歐洲養病。他在郵船上，還不斷的有詩來，說什麼『未能講肆從容話，曾把吳鉤仔細看。真個揚帆滄海去，憑君弟子報平安。』又說：『三月無詩吾豈憊，萬方多故子其南！』他對我的這般熱望，怎叫我不動心呢？」龍沐勛又說：「我自己擔任的課程，仍是文學史，和詞曲這一類。那時中大有一位老詞家陳海綃先生，在那裡教詞有了十多年的歷史。彊邨先生對他的詞，是極端推重的，我也深深的表示敬仰。可是他說得太高了，專門對學生講《夢窗詞》，學生不能夠個個瞭解。我是服膺孔老夫子因材而教的，所以另外選了些東西，對學生們由淺入深的詳細分析的來講，並且叫他們多多的練習，果然不到半載，就有些成績斐然了！其實我的詞學功夫，和海綃翁比起來，真有天淵之別，不過談起學生的受用來，我教的比較容易消化些罷了。」

一九三六年六月，粵桂「西南事變」發生，龍沐勛說：「廣州市內有準備巷戰的謠言，我拗不過妻的主張，匆匆的把所有的什物和兒女，趁著太古公司的輪船，回到了上海。別的不打緊，這一年多的經濟損失，確有些壓得我透不過氣來！」八月初，他移居上海極司非爾路康家橋廿一坊二號。他說：「這時各學校都早經開學了，幸虧國立音專的校長蕭先生，仍舊把我的教席保留了年餘之久，除卻扣去請人代課的鐘點費外，所有寒暑假的薪俸，都送給了我，我把它來做了醫藥費。可是一家十餘口的生活費，無法解決。那半年的收入，只有音專六小時的月薪，還不到一百圓，這卻叫我有些著慌。我的老友孫鷹若先生，正在蘇州辦章氏國學講習舍，約我每星期去講一次，每月送我一百五十圓的車馬費。……蕭先生待朋友真厚道！到了春季開學，設法將我改作專任，……二十六年（一九三七年）的春夏之間，我還是強扶病體，奔馳於蘇滬和市中心區（那時音專的新校舍建築在上海市政府的附近）一帶，……到了那年暑假，承蒙錢子泉先生（他原是光華大學的文學院長，這時和我也是不曾見過面的）的好意，把我推薦給張校長，聘我做專任教授，合之音專，也有每月四百餘圓的收入，家用是勉強敷衍得去了。」錢子泉就是錢基博，錢鍾書的父親，他將龍沐勛推薦給光華大學校長張壽鏞。

到「八一三」事變爆發，光華的校舍被毀了，音專也自市中心區搬到法租界來，龍沐勛說：「人心皇皇的，大有朝不保夕之勢。後來雖然各學校都在租界內租著幾幢小房子，勉強的開了學，可是都為了經費竭蹶，對教授們減時減薪。大家為了迫於饑寒，只好拚命的去謀兼課，我也足足兼了五個學校，每週授課至三十二三小時之多。這五個學校，又是散布在四角和中央的。所以整天的提著我那破舊的討飯袋，這邊下了課，立即踏上電車或公共汽車，趕到那邊去，那種可笑的奇形怪狀，確是『罄竹難書』……」當時龍沐勛任教於音專、光華大學、暨大附中、復旦大學、中國公學，共計五校。

一九三九年冬，汪精衛派人來探視龍沐勛。據其〈幹部自傳〉（引自張暉著《龍榆生先生年譜》）說：「一九三九年的冬末，汪住在愚園路，從褚民誼處知道我的地址（褚民誼愛唱崑曲，抗戰時留在上海，和音專某些同事常有來往。）就派他的隨從秘書陳允文來看我，說汪很想念我，聽到我身體不好，準備給我一些友誼上的幫助，並不要我替他做任何工作。」又說：「我是在一九四〇年四月中旬，扶病到了南京，參加汪偽組織的。我最初是偽立法院立法委員，還兼任過偽立法院長陳公博的私人秘書（為的是補助我的生活，每月給我津貼三百元，偶然替他寫些應酬文字，不到半年，就辭職了）。」對此，任睦宇在〈悼念龍榆生先生〉文中說：「汪精衛成立偽府，在未徵得同意的情況下，突然宣布了榆生先生為立法委員。後人每以此為榆生先生詬病。據我所知，實有難言之隱。龍師母曾親口告訴我，當這一消息發表，榆生先生非常驚愕，當時渴望與我長談商量，以定去就。而我為了家事，久稽鄉間。榆生先生多夜不能交睫，憂思冥想，終抱萬死不屈之心，存萬一有可為之望，以為我不入地獄，誰入地獄，便鼓勇嘗試。」

〈幹部自傳〉說：「我到了南京之後，所見所聞，觸目驚心，悲恨交集。我去找陳允文，要求見汪辭職。陳推說汪太忙了，等了一個多月還沒見到。陳一面安慰我一面說：『你現在是沾上了色彩，也就沒法超然了。』我無可奈何，只得忍耐下去。」又說：「我到南京參加為組織之後，我看到偽政府的情形太糟了，那裡談得上爭回權利，拯救人民？我曾寫過一封信給汪，希望他找點好人，培植若干比較有良心的幹部，或者可以減少一些人民的痛苦。可是他並沒有採納我的意見，只是隔了一兩個月，請我去吃一頓飯，談談詩詞。」

龍沐勛的兒子龍廈材在〈記抗日戰爭中幾名書生的一次軍事行動〉文中說：「父親苦悶失望之際，恰值中央大學籌備復校，父親積極參與，七月，汪又委託他籌辦學術性刊物《同聲月刊》，父親全力以赴。九月，南京中央大學開學，父親任中文系古典文學教授，他在教材上多選李煜、陶潛、辛棄疾、蘇軾、杜甫、元遺山和顧炎武等人在亡國後或身遭亂離寄懷家國之思的詩文，以啟發同學的仇日情愫。十二月二十日，《同聲月刊》創刊號出版，父親以『俞耿』筆名寫了一篇補白小文〈寒蛩碎語〉，文中談到岳飛的〈小重山〉詞。岳飛主戰非和，難酬其志，因而在詞的下片有『欲將心事付瑤箏，知音少，弦斷有誰聽』之歎。父親則為作一轉語：『儘管沒有人聽，我依舊要拼命地彈，好教一般醉生夢死的人，有些警覺，何況知音還有呢。』父親就這樣，以很大的勇氣和決心，隱晦曲折地表達他『相信一定還有知音並且等待知音到來』的這一信念。」

龍廈材文中又說到：「一九四二年春，父親給他在上海國立音專的學生錢仁康寫了封信。不久又親自來上海，面告已跟抗日力量取得聯繫，約錢到南京中央大學藝專教音樂，在教學之餘，協助父親做好一些愛國的實際工作。於是，錢更名錢萬選，九月初來到南京，並仍以錢仁康原名為大後方重慶譜寫抗戰歌曲。」對此，錢仁康在一九九五年九月二十六日回憶說：「……這樣我就在一九四二年九月到了南京。榆師果然對我十分信任，一切極端保密的事都告訴我。一九四三年他三次去北平，告訴我是通過張東蓀教授和中共中央華北局取得聯繫，商談策反的事。他住在周作人家裡，但周作人全然不知道他在幹什麼。一九四三年，榆師介紹我去郝鵬舉家裡教他的女兒彈鋼琴，要我試探郝的思想動向，並做他的思想工作。我在郝家經常碰到郝鵬舉，在交談中得知他是痛恨日本人的。我又講了一些日軍的暴行和淪陷區人民的血海深仇，激發他的愛國思想。我在郝家教鋼琴大約教了半年。」《同聲月刊》三卷七號（一九四三年九月十五日）載有〈水調歌頭•送郝騰霄將軍出任蘇淮特區行政長官〉詞一闋，上片有云：「戲馬台前臨眺，霸氣消沉未久，待子補金甌」，下片有云：「淬礪江東子弟，相率中原豪傑，風雨共綢繆」。都言及策反之事。

後來也參與策反的許寶騤晚年回憶道：「……流光如駛，三十八個年頭匆匆過去了。我現在為紀念民盟四十週年而寫這段史料，屈指數來，五個主要當事人（包括郝鵬舉）之中只有我是僅存的了。嘆逝思舊情難自已，而在這一幕中給我留得印象最深的則是榆生同志，……解放之後，我又到上海，再去訪他。談起前事，他深深致憾於舊友郝騰霄之不能始終其德，言下有一種廢然而嘆的神情，我總想著，像榆生這樣一名騷人詞客，在政治上竟又是這樣大有深心，這大概是我國士大夫傳統的習性，亦可見民族意識入人之深。榆生邃於詞學，是以自傳於後。像上述這段政治生涯，在他或許只是『餘事』，而我則後死有責，不能不書以存其事，亦以見其人。」

一九四三年夏，中央大學校長樊仲雲離職，由原文學院院長陳柱接任校長，龍沐勛改任文學院院長，任基本國文及詞選課。同時任南京文物保管委員會博物專門委員會主任委員。一九四四年十一月十二日，第三次大東亞文學者大會在南京召開，南京偽府指派了六個「代表」參加會議，其中有錢稻孫、龍沐勛、徐公美、周雨人、陶晶孫、張大公。陶晶孫充當會議議長。一九四五年七月下旬，龍沐勛因擔心文物轉移中所託非人，因此取消遠行計畫，決定留在南京。這一決定也徹底改變了他後半生的命運。抗戰勝利後的十一月八日，國民黨教育部以了解學潮為由「請」走龍沐勛，囚禁於南京老虎橋監獄。一九四六年三月八日，移至蘇州獅子口監獄看所所。六月二十六日宣判：「龍沐勛通謀敵國，圖謀反抗本國，處有期徒刑十二年，褫奪公權十年，全部財產除酌留家屬必需生活費外沒收。」一九四七年二月二十七日，龍沐勛在獄中給已到臺灣草屯的學生張壽平寫信說：「當愚被誘禁之初，與家人全相隔絕，終日閉居一室（同住二十人，空氣惡劣），雖大小便亦不得自由。幸賴彼中司法科諸君頗相矜愛，恆以提訊為由，延至彼之後院，為講文學。並以酒食相餉，且致藥物，病得稍瘳。彼中於我輩頗表同情，屢有開釋之訊。不料仍為某部人員所構，於去春移解吳門。」又說：「自去秋移禁監獄，得漱玉詞人之照護，當事者稍加優待。因獲略作運動並曝朝陽，飲食起居較有秩序，病體始稍有轉機，並得稍備圖書，專心寫作。內子月一來視，兒輩亦偶爾一來，較在南京及此間看守所，殆有天淵之別矣。然滄桑變化殊不可知，他日能否生出獄門與足下重相把晤，亦正難逆料耳！」信中說「得漱玉詞人之照護」，此「漱玉詞人」乃指汪精衛之妻陳璧君，當時她也關在蘇州同一監獄而得享特殊待遇。

是年龍沐勛在獄中又因醫療、飲食不便，引起舊疾胃潰瘍大發，幾度病危。好友夏承燾曾請當時在蘇州高等法院工作的潘希真（後來的女作家琦君）去看他，琦君說：「他的屋子和汪精衛妻子陳璧君隔壁，……待見到龍老師時，他竟骨瘦如柴，雙目深陷，無復當年輕衫飄逸神情。他意外地見到我，劫後重逢，師生雙手緊握，感觸萬千。他看看我帶去的美國貨奶粉說：『你真是雪中送炭了。上海一別，沒想到會在獄中相見。』我期期艾艾地不知說什麼才好，因為我不知道這究竟是他的錯，還是現實的殘酷，世事的無常呢？」於是經過琦君，還有嚴紀青、汪賢齊等人的努力，龍沐勛在一九四八年二月五日終獲暫時出獄就醫。嚴紀青在〈我所瞭解的龍沐勳老師〉文中說：「龍師母從同學處得知我南京的熟人較多，於是就找我設法幫忙解決。我不僅出於師生之誼，且較知道他個人的道德品質和家庭的困難處境，並非甘心附敵，而是『身在曹營心在漢』。於是就想方設法找到兩家與我家有生意來往的布店為之擔保，使老師得以被釋放回家。」

一九四九年初，先任上海商務印書館編審部館外編審，十一月起任上海市文物管理委員會編纂。一九五〇年秋季，文管會成立研究室，龍沐勛改任研究員。一九五一年調任上海市博物館編纂，又改任研究員。一九五二年由陳毅市長安排到上海博物館任資料室主任。一九五六年八月起任上海音樂學院民樂系教授。一九五八年五月，被打成右派，直到一九六一年方才脫帽。一九六六年十一月十八日凌晨，因肺炎併發心肌梗塞，病逝。

學者林玫儀談到清代詞學家最受人矚目、且影響最大者，當推王鵬運、朱祖謀、鄭文焯、況周頤四大家。四家以降，則趙尊嶽上承況氏，龍沐勛上承朱氏，表現最為突出。她並臚列出六點，來推崇龍沐勛在詞學上的貢獻：

一、繼承朱氏未竟之業，校輯彙印《彊邨遺書》。

二、編選詞選，有《近三百年名家詞選》、《唐宋名家詞選》及《唐五代宋詞選》等書，藉以揭示學詞矩範。前二種流傳尤廣，霑溉後學不少。

三、創辦《詞學季刊》及《同聲月刊》，所載詞學論著，幾乎囊括當時名家之作，導引一時風會，為最重要之詞學刊物。

四、箋注詞籍，為朱祖謀所校訂編年之《東坡樂府》，進一步作考證箋注，成《東坡樂府箋》一書。

五、校訂詞學資料，又蒐輯詞學文獻，如對《蘇門四學士詞》、《樵歌》、《徧行堂集詞》及《雲起軒詞》等詞籍進行校訂；又蒐輯整理鄭文焯、陳洵諸家之論詞資料，皆為顯例。且《詞學季刊》及《同聲月刊》中刊登時人詞作，亦有保存當代作品之功。

六、詞學研究方面，成果更是卓著，如〈詞學源流論〉、〈詞體之演進〉、〈今日學詞應取之途徑〉、〈研究詞學之商榷〉、〈兩宋詞風轉變論〉、〈晚近詞風之轉變〉、〈論常州詞派〉等篇，均為影響深遠之作。其於聲韻音律方面之探求，尤為專詣精到。《唐宋詞格律》、《詞學十講》、《詞曲概論》等書，則深入淺出，洵為入門之重要指引。

林玫儀要言不繁地指出龍沐勛在詞學上的成就，允稱公論。而英年早逝的學者張暉獨力完成《龍榆生先生年譜》一書，對後學者研究龍沐勛生平事蹟，提供把臂入林之功。筆者在拙文中也多所援引，特此致謝。

《詞學十講》是龍沐勛一九六二年在上海戲劇學院創作研究班講授詞學課的講稿，此距龍沐勛之去世，不過四年，因此可說是他最後的講稿。龍沐勛之子龍廈材認為：「本書對詞學的各種基本問題，結合具體作品，進行了全面闡述；對許多唐、宋詞名篇的思想內涵和藝術手法也作了深入的分析。本書是先君晚年的著作，反映了先君在詞學若干方面的最終見解和心得，對詞學研究者和唐、宋詞愛好者都有參考價值。」而當年上海戲劇學院創作研究班的學生徐培均則認為：「《詞學十講》是榆生師畢生治詞心血的結晶。他將自己數十年的研究心得與填詞經驗，融會貫通，冶於一爐，從而構成一部獨具特色的學術專著。比之以前所作，在理論上更加概括、更加深刻、更加系統。」

附錄中的〈苜蓿生涯過廿年〉是龍沐勛早年的自傳，原載於《古今》半月刊第十九期至第二十三期（一九四三年三月－五月）。當時他四十二歲，回顧二十二年教書生涯，是篇重要的文章，因此收錄於此。

目次

第一講　唐宋歌詞的特殊形式和發展規律

詞不稱「作」而稱「填」，因為它要受聲律的嚴格約束，不像散文可以自由抒寫。它的每一曲調都有固定形式，而這種特殊形式，是經過音樂的陶冶，在句讀和韻位上都得和樂曲的節拍恰相諧會，有它整體的結構，不容任意破壞的。

每一曲調的構成，它的輕重緩急和節奏關係，必得和作者所要表達的起伏變化的感情相應。這種「因聲以度詞，審調以節唱，句度短長之數，聲韻平上之差，莫不由之準度」（見《元氏長慶集》卷二十三〈樂府古題序〉）的歌詞形式，原來是古已有之的。「由樂以定詞，非選詞以配樂」，就是我國文學史上所慣用的詞曲名稱，也是從古樂府中所有「操」、「引」、「謠」、「謳」、「歌」、「曲」、「詞」、「調」八種名稱中拈取出來的。清人宋翔鳳說：「宋、元之間，詞與曲一也。以文寫之則為詞，以聲度之則為曲。」（《樂府餘論》）因為這兩種形式都得受曲調的制約，所以在聲韻方面都是要特別講究的。

詞和曲的體制既然是由來已久，為什麼直到唐宋以後才大量發展成為定式呢？這就得追溯到聲律論的發明和它在詩歌上的普遍應用，才能予以充分的說明。梁代沈約早就說過：「夫五色相宣，八音協暢，由乎玄黃律呂，各適物宜。欲使宮羽相變，低昂互節，若前有浮聲，則後須切響。一簡之內，音韻盡殊；兩句之中，輕重悉異。」（《宋書》卷六十七〈謝靈運傳論〉）根據這個原則，積累了二百年的經驗，才完成了「回忌聲病、約句準篇」的唐人所謂近體詩。這種近體詩，本身就富有它的鏗鏘抑揚的節奏感，音樂性異常濃厚。恰巧我國的音樂，到了這時，也在呈現著融合古今中外、推陳出新、逐步達到最高峰的繁榮景象。這樣相挾俱變，推動了燕樂雜曲和長短句歌詞的向前發展。據宋人郭茂倩《樂府詩集》卷七十九所標舉的〈近代曲辭〉，表明了「倚聲填詞」由民間嘗試而普遍流行的關鍵所在。郭茂倩說：

> 唐武德（唐高祖李淵年號）初，因隋舊制，用九部樂。太宗（李世民）增〈高昌樂〉，又造〈燕樂〉而去〈畢禮曲〉。其著令者十部：一曰〈燕

> 樂〉，二曰〈清商〉，三曰〈西涼〉，四曰〈天竺〉，五曰〈高麗〉，六曰〈龜茲〉，七曰〈安國〉，八曰〈疏勒〉，九曰〈高昌〉，十曰〈康國〉，而總謂之燕樂。聲辭繁雜，不可勝紀。凡燕樂諸曲，始於武德、貞觀（太宗年號），盛於開元、天寶（明皇李隆基年號）。其著錄者十四調、二百二十二曲。

這和《舊唐書・音樂志》所稱：「又自開元以來，歌者雜用胡夷里巷之曲」，都可說明詞所依的聲究竟是些什麼。燕樂諸曲，既然在開元、天寶間就已「聲辭繁雜，不可勝紀」，這也說明唐宋間所慣用的「曲子詞」一直跟著隋唐燕樂的普遍流行而不斷發展。民間藝人或失意文士，按照這種新興曲調的節拍填上歌詞，以便配合管弦，遞相傳唱。在明皇時代就已有了大量的創作，如敦煌所發現的《雲謠集雜曲子》，只是僅存的滄海一粟而已。由於無名作者的文學修養不夠，對聲辭配合也還不能做到恰如其分，因而暫時難以引起詩人們的重視。一般仍多用五、七言近體詩或摘取長篇歌行中的一段，加上虛聲，湊合著配上參差複雜的新興曲調，把來應歌。如王維〈送元二使關西〉一絕句衍為〈渭城曲〉或〈陽關三疊〉，和李嶠〈汾陽行〉中的「山川滿目淚沾衣，富貴榮華能幾時。不見只今汾水上，惟有年年秋雁飛。」這種過渡辦法，大概流行於宮廷宴會和士大夫間。至於市井間的歌唱，必然早已改用了適合「胡夷里巷之曲」的長短句形式。唐中葉詩人，如韋應物、劉禹錫、白居易等，是比較關心民間文藝和新興樂曲的。他們開始應用新興曲調依聲填詞。例如劉禹錫〈和樂天春詞〉：

春去也！多謝洛城人。
弱柳從風疑舉袂，叢蘭浥露似沾巾，獨坐亦含嚬。

——《劉夢得外集》卷四

他就在題內說明：「依〈憶江南〉曲拍為句。」這是身負重名的詩人有意依照新興曲調的節拍來填寫長短句歌詞的有力證據。但劉禹錫採用的民間歌曲形式，也是分兩個步驟來進行的。一個是沿用五、七言近體詩形式，略加變化，仍由唱者雜用虛聲，有如〈竹枝〉、〈楊柳枝〉、〈浪淘沙〉、〈拋球樂〉之類。其〈竹枝〉引說明：

余來建平，里中兒聯歌〈竹枝〉，吹短笛，擊鼓以赴節，歌者揚袂睢舞，以曲多為賢。聆其音，中黃鐘之羽，其卒章激訐如吳聲，雖傖儜不可分，而含思宛轉，有淇濮之豔。昔屈原居沅、湘間，其民迎神，詞多鄙陋，乃為作〈九歌〉。到於今，荊楚鼓舞之。故余亦作〈竹枝〉詞九篇，俾善歌者颺之附於末，後之聆巴歈，知變風之自焉。

——《劉夢得外集》卷四

從這裡可以看出他的學作〈竹枝〉，還只是揣摩這種民間歌曲的聲容態度，而不是依它的節拍，所以要「俾善歌者揚之」，也就是加上虛聲以應節的意思。在這基礎上進一步索性按者民歌曲拍填寫長短句歌詞，除上舉〈憶江南〉外，還有〈瀟湘神〉詞二首：

湘水流，湘水流，九疑雲物至今愁。

君問二妃何處所？零陵香草露中秋。

斑竹枝，斑竹枝，淚痕點點寄相思。
楚客欲聽瑤瑟怨，瀟湘深夜月明時。

——《劉夢得外集》卷九

唐代民間歌曲，經過劉、白一類大詩人的賞音重視，解散近體詩的整齊形式以應參差變化的新興曲調，於是對「句度短長之數、聲韻平上之差」越來越講究了。到了晚唐詩人溫庭筠「能逐弦吹之音、為側豔之詞」（《舊唐書》列傳一百四十下），遂成花間詞派之祖。北宋「教坊樂工，每得新腔，必求（柳）永為辭，始行於世」（葉夢得《避暑錄話》卷三）。《樂章》一集，遂使「凡有井水飲處，即能歌柳詞」（並見前者）。從此，由隋唐燕樂曲調所孳乳浸多的急慢諸曲，以及結合近體詩的聲韻安排，因而錯綜變化作為長短句，以應各種曲拍的小令、長調，也就有如「百花齊放」，呈現著繁榮璀璨之大觀了。

由於此類歌曲多流行於市井間，以漸躋於士大夫的歌筵舞席上，作為娛賓遣興之資，內容是比較貧乏的。從范仲淹、王安石開始，借用這個新興體制來發抒個人的壯烈抱負，遂開蘇軾一派「橫放傑出、是曲子中縛不住」之風。王灼亦稱：「東坡先生非心醉於音律者，偶爾作歌，指出向上一路，新天下耳目，弄筆者始知自振。」（《碧雞漫志》卷二）儘管李清照譏笑它是「句讀不葺之詩」（宋胡仔《苕溪漁隱叢話後集》卷三十三引），但能使「倚聲填詞」保持萬古長新的光彩，正賴蘇、辛（棄疾）一派的大力振奮，不為聲律所壓倒，這是我們所應特別注意學習的。

第二講　唐人近體詩和曲子詞的演化

要學填詞，首先要學作所謂近體詩。因為這兩者的形式之美，都是利用平仄兩類長短不同的字調，兩兩相間地聯綴起來，構成平調與升降調或促調遞相使用的高低抑揚的和諧音節，都得把「奇偶相生，輕重相權」八個字作為調整音韻的法則，不過長短句詞曲比較更為錯綜複雜，變化特多而已。

近體詩的格式，主要為五、七言絕句和五、七言律詩兩種。古有「兩句一聯，四句一絕」之說。而這兩句之中，起承轉合，構成一個整體，和我國民間廣泛流行的曲調是恰相符合的。律詩例為八句，首尾單行，中間兩個對偶，也和另一種流行曲調同其結構。所以這近體詩的組織形式，雖然貌似簡單，而在音韻上的調整安排，是和音樂緊密結合，經過無數作者的苦心實踐，才逐漸臻於完美，不是偶然的。

茲將近體詩的幾種定格列舉如下：

（一）五言絕句

（1）平起順黏格：

平平仄仄平（韻），仄仄仄平平（韻）。
仄仄平平仄（句），平平仄仄平（韻）。

例如皇甫冉〈婕妤怨〉：

花枝出建章，鳳管發昭陽。
借問承恩者，雙蛾幾許長？

（2）仄起順黏格：

仄仄仄平平（韻），平平仄仄平（韻）。
平平平仄仄（句），仄仄仄平平（韻）。

例如盧綸〈塞下曲〉：

月黑雁飛高，單于夜遁逃。
欲將輕騎逐，大雪滿弓刀。

（3）平起偏格：

平平平仄仄（句），仄仄仄平平（韻）。
仄仄平平仄（句），平平仄仄平（韻）。

例如李端〈聽箏〉：

嗚箏金粟柱，素手玉房前。
欲得周郎顧，時時誤拂弦。

（4）仄起偏格：

仄仄平平仄（句），平平仄仄平（韻）。
平平平仄仄（句），仄仄仄平平（韻）。

例如李益〈江南曲〉：

嫁得瞿塘賈，朝朝誤妾期。
早知潮有信，嫁與弄潮兒。

（二）七言絕句

（1）平起順黏格：

平平仄仄仄平平（韻），仄仄平平仄仄平（韻）。
仄仄平平平仄仄（句），平平仄仄仄平平（韻）。

例如王翰〈涼州詞〉：

葡萄美酒夜光杯，欲飲琵琶馬上催。
醉臥沙場君莫笑，古來征戰幾人回！

（2）仄起順黏格：

仄仄平平仄仄平（韻），平平仄仄仄平平（韻）。
平平仄仄平平仄（句），仄仄平平仄仄平（韻）。

例如劉長卿〈送李判官之潤州行營〉：

萬里辭家事鼓鼙，金陵驛路楚雲西。
江春不肯留行客，草色青青送馬蹄。

（3）平起偏格：

平平仄仄平平仄（句），仄仄平平仄仄平（韻）。
仄仄平平平仄仄（句），平平仄仄仄平平（韻）。

例如杜甫〈江南逢李龜年〉：

岐王宅裡尋常見，崔九堂前幾度聞。
正是江南好風景，落花時節又逢君！

（4）仄起偏格：

仄仄平平平仄仄（句），平平仄仄仄平平（韻）。
平平仄仄平平仄（句），仄仄平平仄仄平（韻）。

例如白居易〈對酒〉：

百歲無多時壯健，一春能幾日晴明。
相逢切莫推辭醉，聽唱陽關第四聲。

在上述八個例子中，五言每句的第一字、七言每句的第一第三兩字，一般是可以自由變化的。但變動過多就得上下相救，如上句既改為「平仄仄平」，下句最好得變成「仄平平仄」之類。五言句的第三第四兩字、七言句的第五第六兩字，也可以平仄互換，如原改用「平仄仄」，也可以改成「仄平仄」，這也是另一種救法。至於詞的格式，隨著各個曲調所表現的感情起伏而相與起伏變化，就更錯綜複雜了。

一般所謂律詩，也只能把絕句的平仄安排重複一次。但中間四句必須運用對偶，使胸腹飽滿，符合奇偶相生的法則。這對偶的構成，在詞義上要虛實相當，銖兩悉稱，在字調上卻要平仄相反，剛柔相濟。茲更舉例如下：

（一）五言律詩

（1）平起偏格：

平平平仄仄（句），仄仄仄平平（韻）。
仄仄平平仄（句），平平仄仄平（韻）。
平平平仄仄（句），仄仄仄平平（韻）。
仄仄平平仄（句），平平仄仄平（韻）。

例如孟浩然〈過故人莊〉：

故人具雞黍，邀我至田家。
綠樹村邊合，青山郭外斜。
開軒面場圃，把酒話桑麻。
待到重陽日，還來就菊花。

（2）仄起偏格：

仄仄平平仄（句），平平仄仄平（韻）。
平平平仄仄（句），仄仄仄平平（韻）。
仄仄平平仄（句），平平仄仄平（韻）。
平平平仄仄（句），仄仄仄平平（韻）。

例如駱賓王〈在獄詠蟬〉：

西陸蟬聲唱，南冠客思深。
不堪玄鬢影，來對白頭吟。
露重飛難進，風多響易沉。
無人信高潔，誰為表予心。

（3）平起正格：

平平仄仄平（韻），仄仄仄平平（韻）。
仄仄平平仄（句），平平仄仄平（韻）。
平平平仄仄（句），仄仄仄平平（韻）。
仄仄平平仄（句），平平仄仄平（韻）。

例如杜甫〈船下夔州郭，宿雨濕，不得上岸，別王十二判官〉：

依沙宿舸船，石瀨月娟娟。
風起春燈亂，江鳴夜雨懸。
晨鐘雲岸濕，勝地石堂煙。
柔櫓輕鷗外，含情覺汝賢。

（4）仄起正格：

仄仄仄平平（韻），平平仄仄平（韻）。
平平平仄仄（句），仄仄仄平平（韻）。
仄仄平平仄（句），平平仄仄平（韻）。
平平平仄仄（句），仄仄仄平平（韻）。

例如王維〈觀獵〉：

風勁角弓鳴，將軍獵渭城。
草枯鷹眼疾，雪盡馬蹄輕。
忽過新豐市，還歸細柳營。
回看射雕處，千里暮雲平。

（二）七言律詩

（1）平起偏格：

平平仄仄平平仄（句），仄仄平平仄仄平（韻）。
仄仄平平平仄仄（句），平平仄仄仄平平（韻）。
平平仄仄平平仄（句），仄仄平平仄仄平（韻）。
仄仄平平平仄仄（句），平平仄仄仄平平（韻）。

例如杜甫〈恨別〉：

洛城一別四千里，胡騎長驅五六年。
草木變衰行劍外，兵戈阻絕老江邊。
思家步月清宵立，憶弟看雲白日眠。
聞道河陽近乘勝，司徒急為破幽燕。

（2）仄起偏格：

仄仄平平平仄仄（句），平平仄仄仄平平（韻）。
平平仄仄平平仄（句），仄仄平平仄仄平（韻）。
仄仄平平平仄仄（句），平平仄仄仄平平（韻）。
平平仄仄平平仄（句），仄仄平平仄仄平（韻）。

例如杜甫〈聞官軍收河南河北〉：

劍外忽傳收薊北，初聞涕淚滿衣裳。
卻看妻子愁何在，漫捲詩書喜欲狂。
白日放歌須縱酒，青春作伴好還鄉。
即從巴峽穿巫峽，便下襄陽向洛陽。

（3）平起正格：

平平仄仄仄平平（韻），仄仄平平仄仄平（韻）。
仄仄平平平仄仄（句），平平仄仄仄平平（韻）。
平平仄仄平平仄（句），仄仄平平仄仄平（韻）。
仄仄平平平仄仄（句），平平仄仄仄平平（韻）。

例如杜甫〈江村〉：

清江一曲抱村流，長夏江村事事幽。

自去自來樑上燕，相親相近水中鷗。
老妻畫紙為棋局，稚子敲針作釣鉤。
多病所須唯藥物，微軀此外更何求！

（4）仄起正格：

仄仄平平仄仄平（韻），平平仄仄仄平平（韻）。
平平仄仄平平仄（句），仄仄平平仄仄平（韻）。
仄仄平平平仄仄（句），平平仄仄仄平平（韻）。
平平仄仄平平仄（句），仄仄平平仄仄平（韻）。

例如李商隱〈馬嵬〉：

海外徒聞更九州，他生未卜此生休。
空聞虎旅傳宵柝，無復雞人報曉籌。

此日六軍同駐馬，當時七夕笑牽牛。
如何四紀為天子，不及盧家有莫愁。

上面所列舉的格式，都是遵循沈約「一簡之內，音韻盡殊；兩句之中，輕重悉異」的基本法則而調整建立起來的。它的平仄安排，雖然有些可以自由出入，但得衡量整體的音節關係，務必使它既利於喉吻，又能與所表達的感情起伏恰相適應，才算合乎規矩，達到諧協美聽的程度。

我們如能掌握近體詩關於聲韻安排的基本法則，並且予以實際鍛鍊，就會明白怎樣運用漢語的不同字調來填寫各種不同曲調的歌詞，使之和諧悅耳，適合配曲者和歌唱者的要求，進而達到「字正腔圓」的境界。

打破近體詩、絕詩的整齊形式，演化成為句讀參差、聲韻複雜的曲子詞，最初還只是就原有句式酌加增減，期與雜曲小令的節拍相應，有如第一講所曾提到的劉禹錫〈憶江南〉和〈瀟湘神〉等。此外，如張志和的〈漁歌子〉：

西塞山前白鷺飛，桃花流水鱖魚肥。

青箬笠，綠蓑衣，斜風細雨不須歸。

——見《尊前集》

儼然一首七絕，不過破第三句的七言為三言兩句，並增一韻而已。又如韓偓的〈浣溪沙〉：

攏鬢新收玉步搖，背燈初解繡裙腰，枕寒衾冷異香焦。
深院下關春寂寂，落花和雨夜迢迢，恨情殘醉卻無聊。

——見《尊前集》

又是一首七律，減去一聯，或兩首七絕，各減一句；平仄聲韻都和近體詩、絕沒有多大區別。至於北宋詞家們一般經常使用的〈鷓鴣天〉：

林斷山明竹隱牆，亂蟬衰草小池塘。
翻空白鳥時時見，照水紅蕖細細香。

村舍外，古城旁，杖藜徐步轉斜陽。
殷勤昨夜三更雨，又得浮生一日涼。

——蘇軾《東坡樂府》

這又是一首七律，不過破第五句的七言為三言偶句，並增一韻而已。又如〈定風波〉：

莫聽穿林打葉聲，何妨吟嘯且徐行。
竹杖芒鞋輕勝馬，誰怕？
一蓑煙雨任平生。
料峭春風吹酒醒，微冷，山頭斜照卻相迎。
回首向來蕭瑟處，歸去，也無風雨也無晴。

——蘇軾《東坡樂府》

儼然兩首完整的失黏格七絕，不過上半闋增一個兩言短韻句，下半闋增兩個兩言短韻句而已。

至於〈浪淘沙〉一曲，唐人原多沿用七絕形式，加虛聲以應節拍，例如劉禹錫所作：

日照澄州江霧開，淘金女伴滿江隈。
美人首飾侯王印，盡是沙中浪底來。

——《劉賓客文集》

後來演化成為長短句的〈浪淘沙〉：

簾外雨潺潺，春意將闌。
羅衾不暖五更寒。
夢裡不知身是客，一晌貪歡。
獨自莫憑闌！

無限江山，別時容易見時難。
流水落花歸去也，天上人間！

——《李後主詞》

在四個七言句子之外，增加了四言四句、五言兩句，就變得複雜多了。但在每句的平仄安排，仍然和絕句沒什麼差別，不過上下闋前三句都是句句協韻，表示情感的迫促，至第四句才用仄收，隔句一協，略轉和婉，和七絕情調有所不同而已。

再如〈菩薩蠻〉：

平林漠漠煙如織，寒山一帶傷心碧。
暝色入高樓，有人樓上愁。
玉梯空佇立，宿鳥歸飛急。
何處是歸程，長亭連短亭。

——傳為李白作，見《唐宋諸賢絕妙詞選》

這是混合五、七言絕句形式而加以錯綜變化，組織成功的。前後闋都用兩句換韻，平仄互轉；開首兩個七言句的平仄安排又違反近體詩的慣例，是適宜於表現迫促情緒的。

又如〈卜運算元〉：

缺月掛疏桐，漏斷人初靜。
誰見幽人獨往來？縹緲孤鴻影。
驚起卻回頭，有恨無人省。
揀盡寒枝不肯棲，寂寞沙洲冷。

——蘇軾《東坡樂府》

這也是參用五、七言近體詩的句式組成的，而兩句一聯中的平仄安排全部違反近體詩的慣例，並且韻部都得用上、去聲，所以和婉之中，微帶拗怒，適宜表達高峭鬱勃的特殊情調，和〈菩薩蠻〉顯示的聲情又有差別。

上面約略舉了幾個例子，以說明近體詩和曲子詞在句式和聲韻上的演化關係。這只是就短調小令來講，至於慢曲長調，那它的變化就更加錯綜複雜得多了。

談到慢曲長調，有的原始單獨存在的雜曲，有的卻從整套大曲中抽出一遍來，配上歌詞，獨立演唱。王灼就曾說過：「凡大曲，就本宮調制引、序、慢、近、令，蓋度曲者常態。」（《碧雞漫志》卷三）例如〈水調歌〉，據《樂府詩集》卷七十九〈近代曲辭〉解題：「唐曲凡十一疊，前五疊為歌，後六疊為入破，其歌第五疊五言，調聲最為怨切。」當時所配歌詞，前五疊為七絕四首、五絕一首，後六疊為七絕五首、五絕一首。怎樣綴合虛聲以應曲拍，以音譜無存，無法考查。至填詞所用〈水調歌頭〉，該是摘用〈水調歌〉前五疊的曲拍，演成下面這種形式：

明月幾時有？把酒問青天。
不知天上宮闕，今夕是何年？
我欲乘風歸去，又恐瓊樓玉宇，高處不勝寒。
起舞弄清影，何似在人間？

轉朱閣，低綺戶，照無眠。
不應有恨，何事長向別時圓？
人有悲歡離合，月有陰晴圓缺，此事古難全。
但願人長久，千里共嬋娟。

——蘇軾《東坡樂府》

這是用三、四、五、六、七言的不同句式混合組成，而以五言為主，副以兩個六言偶句。其五言或六言偶句的平仄安排，亦皆違反近體律詩的慣例，它的音節高亢而稍帶淒音，殆仍符合「第五疊五言調聲最為怨切」的遺響。

又如〈梁州〉大曲，據王灼稱，曾見一本，有二十四段，叫作〈涼州排遍〉。他說：「後世就大曲制詞者類皆簡省，而管弦家又不肯從首至尾吹彈，甚者學不能盡。」（《碧雞漫志》卷三）他所見到的〈涼州排遍〉，大概也就是元稹〈琵琶歌〉裡面所提「梁州大遍最豪嘈」的〈梁州大遍〉中的一部分。這排遍竟有二十四段之多，而《樂府詩集》卷七十九所載〈涼州曲〉只存五段，前三段配以七絕二首，五絕一首，後排遍二段，都配上一首七絕。後來有人從其中摘出一兩段，演出成為〈梁州令疊韻〉：

田野閒來慣，睡起初驚曉燕。
樵青走掛小簾鉤，南園昨夜，細雨紅芳遍。
平蕪一帶煙花淺，過盡南歸雁。
江雲渭樹俱遠，憑闌送目空腸斷。
好景難常占，過眼韶華如箭。
莫教鶗鴂送韶華，多情楊柳，為把長條絆。
清樽滿酌誰為伴？
花下提壺勸：何妨醉臥花底，愁容不上春風面。

——晁補之《晁氏琴趣外篇》卷一

這兩段和後兩段的句式和聲韻安排完全一樣，可能是就原有曲拍截取一、兩段制為小令，再在填詞時重複一次，所以叫做〈梁州令疊韻〉。把它和《樂府詩集》所傳五段歌詞來相對照，這種錯綜變化是無任何跡象可尋了。

又如〈霓裳羽衣曲〉，據白居易和元微之〈霓裳羽衣舞曲〉自注：「散序六遍，無拍，故不舞也。中序始有拍，亦名拍序。」又說：「〈霓裳〉曲十二遍而終。凡曲將畢，皆節拍促速，惟〈霓裳〉之末，長引一聲也。」（《白氏長慶集》）從這些話裡面，可以推測到唐大曲的一般結構；而這〈霓裳羽衣曲〉的節奏，恰如白氏此歌所形容：「繁音急節十二遍，跳珠撼玉何鏗錚！」又稱：「中序擘騞初入拍，秋竹竿裂春冰坼」，正可推想到這一套最負重名的大曲的聲容態度是怎樣動人的。南宋音樂家姜夔曾稱：「於樂工故書中得〈商調・霓裳曲〉十八闋，皆虛譜無辭……予不暇盡作，作『中序』一闋，傳於世。」他所作的〈霓裳中序第一〉，其詞如下：

亭皋正望極，亂落江蓮歸未得。
多病卻無氣力，況紈扇漸疏，羅衣初索。
流光過隙，歎杏梁雙燕如客。
人何在？一簾淡月，彷彿照顏色。

幽寂，亂蛩吟壁，動庾信清愁似織。
沉思年少浪跡，笛裡關山，柳下坊陌。
墜紅無信息，漫暗水涓涓溜碧。
飄零久，而今何意？醉臥酒壚側。

——《白石道人歌曲》

細玩姜詞的音節，在韻位和平仄的安排上，都使人有「秋竹竿裂春冰坼」的感覺。這些曲詞是緊密結合原有曲調的抑揚抗墜，巧妙運用四聲字調而組成，非一般近體詩的格律所能概括得了的。

第三講　選調和選韻

填詞既稱倚聲之學，不但它的句度長短，韻位疏密，必須與所用曲調（一般叫做詞牌）的節拍恰相適應，就是歌詞所要表達的喜、怒、哀、樂，起伏變化的不同情感，也得與每一曲調的聲情恰相諧會，這樣才能取得音樂與語言、內容與形式的緊密結合，使聽者受其感染，獲致「能移我情」的效果。北宋音樂理論家沈括就曾說過：「唐人填曲，多詠其曲名，所以哀樂與聲，尚相諧會。今人則不復知有聲矣！哀聲而歌樂詞，樂聲而歌怨詞，故語雖切而不能感動人情，由聲與意不相諧故也。」（《夢溪筆談》卷五〈樂律〉）「聲與意不相諧」，由於填詞者對每一曲調的聲容不曾作過深入的體味，尤其在詞體逐漸脫離音樂而不復可歌之後，學者只知按著一定格式任意「填」詞，儘管平仄聲韻一點兒不差，但最主要的各個曲調原有的聲情卻被弄反了，那當然是很難感動人心的。譬如〈六州歌頭〉，只適宜於抒寫蒼涼激越的豪邁感情，如果拿來填上纏綿哀婉、抒寫兒女柔情的歌詞，那就必然要導致「聲與意不相諧」的結果。南宋初期的程大昌就曾提到：「〈六州歌頭〉，本鼓吹曲也。近世好事者倚其聲為吊古詞，音調悲壯，又以古興亡事實文之。聞其歌，使人慷慨，良不與豔詞同科，誠可喜也。」（《詞林紀事》卷九引〈演繁露〉）這就說明此一曲調的聲情是只適宜於表達激越懷抱的。現存宋人作品以賀鑄為最早。南宋初期此詞填的最多，也恰恰反映了時代特點。茲舉賀鑄和張孝祥所作各一闋為例。

（一）賀作：

少年俠氣，交結五都雄。
肝膽洞，毛髮聳。
立談中，死生同，一諾千金重。
推翹勇，矜豪縱，輕蓋擁，聯飛鞚，斗城東。
轟飲酒壚，春色浮寒甕。
吸海垂虹。

閒呼鷹嗾犬，白羽摘雕弓，狡穴俄空，樂匆匆。

似黃粱夢，辭丹鳳；明月共，漾孤篷。

官冗從，懷倥偬，落塵籠，簿書叢。

鶡弁如雲眾，供麤用，忽奇功。

笳鼓動，漁陽弄，思悲翁，不請長纓，繫取天驕種。

劍吼西風。

恨登山臨水，手寄七弦桐，目送歸鴻。

——《東山樂府》

（二）張作：

長淮望斷，關塞莽然平。

征塵暗，霜風勁，悄邊聲，黯銷凝。

追想當年事，殆天數，非人力，洙泗上，弦歌地，亦羶腥。

隔水氈鄉，落日牛羊下，區脫縱橫。

看名王宵獵，騎火一川明，笳鼓悲鳴，遣人驚。

念腰間箭，匣中劍，空埃蠹，竟何成！

時易失，心徒壯，歲將零，渺神京。

干羽方懷遠，靜烽燧，且休兵。

冠蓋使，紛馳騖，若為情。

聞道中原遺老，常南望、翠葆霓旌。

使行人到此，忠憤氣填膺，有淚如傾。

——《於湖居士長短句》

從這個詞牌的聲韻安排上來談，它連用了大量的三言短句，一氣驅使，旋折而下，構成了它的「繁音促節」，恰宜表達緊張急迫激昂慷慨的壯烈情緒。賀鑄掌握了這一特點，選用了音色洪亮的「東鍾」韻部，更以平、上、去三聲互協，幾乎句句押韻，增加了它那「繁音促節」的聲容之美，恰與作者所要發抒的奇情壯采相稱，烘托出一種蒼涼鬱勃的不平之鳴，和元雜劇家關漢卿〈不伏老〉北曲散套的氣派差相彷彿，是值得我們深入探討的。張孝祥把這詞牌用來抒寫個人對南宋初期強敵壓境而統治階級卻一味屈辱求和的悲憤感情，改用了清勁的「庚青」韻部，也能顯示出本曲的激壯情調，具有強烈的感染力。但他忽略了仄韻部分，對「繁音促節」的聲容之美是較欠缺的。和辛棄疾同時的韓元吉，也曾選用過這一詞牌來表達個人的柔情別緒：

東風著意，先上小桃枝。
紅粉膩，嬌如醉，倚朱扉。
記年時，隱映新妝面，臨水岸，春將半，雲日暖，斜橋轉，夾城西。
草軟莎平，跋馬垂楊渡，玉勒爭嘶。
認蛾眉凝笑，臉薄拂胭脂。
繡戶曾窺，恨依依。
共攜手處，香如霧，紅隨步，怨春遲。

銷瘦損，憑誰問？
只花知，淚空垂。
舊日堂前燕，和煙雨，又雙飛。
人自老，春長好，夢佳期。
前度劉郎，幾許風流地，花也應悲。
但茫茫暮靄，目斷武陵溪，往事難追。

——《南澗詩餘》

作者只體會到「繁音促節」適宜表現緊促心情的一面，同時也瞭解到兼協仄韻是可以增加本調的聲容之美，他卻選用了「萎而不振」的「支思」和「齊微」兩部韻，雖然和他所要表達的感情是頗相適應的，但和本調的原有聲情確是截然兩回事了。

唐宋遺譜，在元明之後，幾乎全部失傳。敦煌發現的唐寫本琵琶譜中還保存了若干曲調，而且標明急曲子的有〈胡相問〉一曲，標明慢曲子的有〈西江月〉、〈心事子〉二曲，標明慢曲子和急曲子交替使用的有〈傾杯樂〉、〈伊州〉二曲。

大抵〈傾杯樂〉和〈伊州〉是屬於成套的大曲，所以一段慢調，一段急調，更替者演奏，藉以表達疾徐變化的不同情感。但這個琵琶譜都是有聲無辭的，我們還沒有辦法拿來說明這些曲調的聲情配合的關係。除此以外，就只有姜夔的十七支自度曲，旁綴音譜（並見《白石道人歌曲》）；又明人王驥德從文淵閣所藏《樂府渾成》錄出小品譜兩段（《方諸館曲律》卷四〈雜論〉第三十九下），可供探討。所以，要一一說明唐宋詞所用曲調的聲情究竟是怎樣，是有困難的。但就前人遺作予以參互比較，把每一曲調的句度長短、字音輕重、韻位疏密和它的整體結構弄個明白，也就可以彷彿每一曲調的聲容，使「哀樂與聲，尚相諧會」。例如短調中的〈破陣子〉，是適宜表達激昂情緒的。舉辛棄疾所作〈為陳同甫賦壯詞以寄之〉如下：

醉裡挑燈看劍，夢回吹角連營。

八百里分麾下炙，五十弦翻塞外聲，沙場秋點兵。

馬作的盧飛快，弓如霹靂弦驚。

了卻君王天下事，贏得生前身後名，可憐白髮生！

——《稼軒長短句》

我們仔細玩味一下這個調子的聲情所以激壯，主要在前後闋的兩個七言偶句，正和〈滿江紅〉的兩個七言偶句性質相近。一般詞調內，遇到連用長短相同的句子而作對偶形式的，所有相當地位的字調，如果是平仄相反，那就會顯示和婉的聲容，相同就要構成拗怒，就等於陰陽不調和，從而演為激越的情調。這關鍵有顯示在句子中間的，也有顯示在句末一字的。單就〈破陣子〉和〈滿江紅〉兩個曲調，可以窺探出這裡面的一些消息。至於蘇辛派詞人所常使用的〈水龍吟〉、〈念奴嬌〉、〈賀新郎〉、〈桂枝香〉等曲調，所以構成拗怒音節，適宜於表現豪放一類的思想感情，它的關鍵在於幾乎每句都用仄聲收腳，而且除〈水龍吟〉例用上去聲韻，聲情較為鬱勃外，餘如〈滿江紅〉、〈念奴嬌〉、〈賀新郎〉、〈桂枝香〉等，如果用來抒寫激壯情感，就必須選用短促的入聲韻，才能情與聲會，取得「讀之使人慷慨」的效果。〈滿江紅〉也可改作平韻，姜夔曾在巢湖用為迎神送神的歌曲。列舉如下：

仙姥來時，正一望千頃翠瀾。
旌旗共亂雲俱下，依約前山。
命駕群龍金作軛，相從諸娣玉為冠。
向夜深風定悄無人，聞佩環。

神奇處，君試看。
奠淮右，阻江南。
遣六丁雷電，別守東關。
卻笑英雄無好手，一篙春水走曹瞞。
又怎知人在小紅樓，簾影間？

——《白石道人歌曲》

作者把許多收腳的字調都改用了平聲，就立刻使人感到音節諧婉，富有雍容華貴的情調。此作和岳飛的作品對讀，一舒徐而一繁促，風致是絕不相同的了。

短調小令，那些聲韻安排大致接近近體律、絕詩而例用平韻的，有如〈憶江南〉、〈浣溪沙〉、〈鷓鴣天〉、〈臨江仙〉、〈浪淘沙〉之類，音節都是相當諧婉的，可以用來表達各種憂樂不同的思想感情，差別只在韻部的適當選用。這裡暫不多談了。

適宜表達輕柔婉轉、往復纏綿情緒的長調的，有如〈滿庭芳〉：

山抹微雲，天連衰草，畫角聲斷譙門。
暫停征棹，聊共引離樽。
多少蓬萊舊事，空回首、煙靄紛紛。
斜陽外，寒鴉萬點，流水繞孤村。
銷魂！
當此際，香囊暗解，羅帶輕分，漫贏得青樓，薄幸名存。
此去何時見也？襟袖上、空惹啼痕。

傷情處，高城望斷，燈火已黃昏。

——秦觀《淮海居士長短句》

〈木蘭花慢〉：

拆桐花爛漫，乍疏雨，洗清明。
正豔杏燒林，緗桃繡野，芳景如屏。
傾城，盡尋勝去，驟雕鞍紺幰出郊坰。
風暖繁弦脆管，萬家競奏新聲。

盈盈，鬥草踏青，人豔冶，遞逢迎。
向路傍往往，遺簪墮珥，珠翠縱橫。
歡情，對佳麗地，信金罍罄竭玉山傾。
拚卻明朝永日，畫堂一枕春酲。

——柳永《樂章集》

〈鳳凰臺上憶吹簫〉：

香冷金猊，被翻紅浪，起來慵自梳頭。
任寶奩塵滿，日上簾鉤。
生怕離懷別苦，多少事、欲說還休。
新來瘦，非干病酒，不是悲秋。
休休，這回去也，千萬遍陽關，也則難留。
念武陵人遠，煙鎖重樓。
惟有樓前流水，應念我、終日凝眸。
凝眸處，從今又添，一段新愁。

——《唐宋諸賢絕妙詞選》卷十錄李清照《漱玉詞》

我們只要約略檢查一下上面三個長調的聲韻組織、平仄安排以及對偶關係，就很清楚地看出它是適宜於表達柔情的。它在結構方面，儘管句度參差，有了許多變化，但在運用聲律上，卻是牢牢掌握著近體詩的基本法則，從而它所構成的音節也就特別和諧悅耳。當然，由於作者選用各個不同韻部，也就可以表現各類不同情感，然而基本情調確是一致的。

適宜表現蒼涼鬱勃情緒的長調的，有如〈摸魚兒〉：

更能消幾番風雨，匆匆春又歸去。
惜春長恨花開早，何況落紅無數。
春且住！
見說道、天涯芳草迷歸路。
怨春不語。
算只有殷勤，畫簷蛛網，盡日惹飛絮。
長門事，準擬佳期又誤。
蛾眉曾有人妒。

千金縱買相如賦，脈脈此情誰訴？君莫舞，君不見、玉環飛燕皆塵土。閒愁最苦。休去倚危樓，斜陽正在，煙柳斷腸處。

——辛棄疾〈淳熙己亥，自湖北漕移湖南，同官王正之置酒小山亭，為賦〉見《稼軒長短句》

這個長調的音節用「欲吞還吐」的吞唱式組成。關鍵在開端就運用一個上三下四的逆挽句式，再加上前後闋又都使用了三言短句，接著一個上三下七的特殊句式，從而呈現著一種低佪往復、掩抑零亂的姿態。韻位安排又是那麼忽疏忽密，顯示著「欲語情難說出」的哽咽情調，而且必得選用上去聲韻部，不能像用入聲韻那樣可以盡情發洩，使人低吟密詠，大有白居易「幽咽泉流冰下難」（〈琵琶行〉）之感。填寫這長調的作品，最早見於晁補之：

買陂塘、旋栽楊柳，依稀淮岸江浦。

東皋嘉雨新痕漲，沙觜鷺來鷗聚。
堪愛處，最好是、一川夜月光流渚。
無人獨舞。
任翠幄張天，柔茵藉地，酒盡未能去。
青綾被，莫憶金閨故步，儒冠曾把身誤。
弓刀千騎成何事？荒了邵平瓜圃。
君試覷，滿青鏡、星星鬢影今如許！
功名浪語。
便似得班超，封侯萬里，歸計恐遲暮。

——《晁氏琴趣外篇》卷一〈東皋寓居〉

這情調和辛詞基本上是一致的，不過辛詞所感更深，情緒也更鬱勃。劉熙載說：「辛詞所本，即無咎（補之字）〈摸魚兒〉『買陂塘旋栽楊柳』之波瀾」（《藝概》卷四〈詞曲概〉），也只是就它的聲容態度上來講的。

短調小令類似上面這種適宜抒寫幽咽情調的，有〈蝶戀花〉、〈青玉案〉等，也都得選用上去聲韻部。例如歐陽修的〈蝶戀花〉：

庭院深深深幾許？
楊柳堆煙，簾幕無重數。
玉勒雕鞍遊冶處，樓高不見章臺路。
雨橫風狂三月暮。
門掩黃昏，無計留春住。
淚眼問花花不語，亂紅飛過秋千去。

——《六一詞》

又如賀鑄的〈青玉案〉：

凌波不過橫塘路，但目送、芳塵去。

錦瑟年華誰與度？
月橋花院，瑣窗朱戶，只有春知處。
飛雲冉冉蘅皋暮，彩筆新題斷腸句。
若問閒情都幾許？
一川煙草，滿城風絮，梅子黄時雨。

——《東山樂府》

這兩個短調所以適宜表達低個掩抑、哽咽幽怨的感情，是因為全闋除〈蝶戀花〉的四言句外，整個都用仄聲字收腳，這就呈現一種拗怒的聲容，也包含欲吞還吐的情調。舉一反三，對選調填詞，是倚聲家所宜細心體驗的。

關於不同韻部表現不同情感，也就是掌握第一講所提到的「由乎玄黃律呂，各適物宜」的基本法則來靈活運用，上面也略舉例說明過了。

那麼究竟各個韻部的性質有什麼不同呢？詞韻是平聲和入聲獨用，上聲和去聲同用。清初黃周星論曲，有「三仄更須分上去，兩平還要辨陰陽」的說法（見黃著

《制曲枝語》）。這在填詞時也得予以注意，且待第八講中再為仔細分析。

詞韻的分部，據所傳南宋初期菉斐軒刊本《詞林韻釋》，並以平統上、去，又將入聲派入其他三聲。有人說是為填寫北曲而設。它的韻目如下：

（1）東紅　（2）邦陽　（3）支時　（4）齊微　（5）車夫
（6）皆來　（7）真文　（8）寒間　（9）鸞端　（10）先元
（11）蕭韶　（12）和何　（13）嘉華　（14）車邪　（15）清明
（16）幽游　（17）金音　（18）南山　（19）占炎

把這韻目來和確為北曲而設的《中原音韻》（元高安周德清著）兩相比較，還是頗有出入的。周的分部如下：

（1）東鍾　（2）江陽　（3）支思　（4）齊微　（5）魚模
（6）皆來　（7）真文　（8）寒山　（9）桓歡　（10）先天
（11）蕭豪　（12）歌戈　（13）家麻　（14）車遮　（15）庚青

（16）尤侯　（17）侵尋　（18）監咸　（19）廉纖

這十九部韻的不同性質，據明人王驥德說：

各韻為聲，亦各不同。如「東鍾」之洪，「江陽」、「皆來」、「蕭豪」之響，「歌戈」、「家麻」之和，韻之最美聽者。「寒山」、「桓歡」、「先天」之雅，「庚青」之清，「尤侯」之幽，次之。「齊微」之弱，「魚模」之混，「真文」之緩，「車遮」之用雜入聲，又次之。「支思」之萎而不振，聽之令人不爽。至「侵尋」、「監咸」、「廉纖」，開之則非其字，閉之則不宜口吻，勿多用可也。

——《方諸館曲律》卷三〈雜論〉第三十九上

他雖是為著唱曲來談，而且談得也很籠統，但各韻部的聲情不同，確是事實，在填詞選韻時也是值得參考的。

明末沈謙另編《詞韻》，也分十九部，但平上去並為十四部，每部拈出平上個一字作為韻目，又別立入聲韻五部。全目如下：

（1）東董（2）江講（3）支紙（4）魚語（5）佳蟹
（6）真軫（7）元阮（8）蕭筱（9）歌哿（10）麻馬
（11）庚梗（12）尤有（13）侵寑（14）覃感（15）屋沃
（16）覺藥（17）質陌（18）物月（19）合洽

清道光間，吳人戈載又著《詞林正韻》，雖比較精密，但也只是把唐韻二百六部合併為平上去十四部、入聲五部，基本上還是和沈書相同的。

語言隨著時代和地域的不同而不斷發生變化，韻部也就跟著常有分合，但除《中原音韻》以下的北音系統消滅了入聲，和詞韻截然殊致外，其他各部還是差別不大的。

第四講　論句度長短與表情關係

長短句歌詞的形式之美，是根據「奇偶相生、輕重相權」的八字法則加以錯綜變化而構成的。它一方面依照每一曲調的抑揚抗墜的音節，參之以曲中所表感情的起伏動盪而給以妥善的安排；一方面吸收《詩經》、《楚辭》以至漢魏六朝樂府詩和唐代各大詩家所創古、近體詩的特殊音節而予以「各適物宜」的調劑；這樣取得音樂與語言的密切結合，經過無數詩人與民間藝人的不斷實踐，使得每一詞牌的句式和韻位都有了它的定型。我們要在有豐富遺產的古典詩詞基礎上推陳出新，以利新型格律詩和各種戲曲或曲藝歌詞的發展，這問題是值得仔細探討的。

根據個人對唐宋曲子詞的學習經驗，並以同一類型的詞牌的分析比較，乃至同一詞牌不同作家作品的對勘，深切感到這一特殊形式，雖然宋元以後已和原有曲調的音樂脫離，以至成為「句讀不葺之詩」，但它的句式參差，看來好像非常自由，而實際得受多方面的制約，對表達喜怒哀樂等等不同情感，關係卻是十分重大的。

一般說來，每一歌詞的句式安排，在音節上總不出和諧和拗怒兩種。而這種調節關係，有表現在整闋每個句子中間的，有表現在每個句子的落腳字的。表現在整體結構上的，首先要看它在句式奇偶和句度長短方面怎樣配置，其次就看它對每個句末的字調怎樣安排，從這上面顯示語氣的急促和舒徐，聲情的激越與和婉。例如第三講中所舉的〈六州歌頭〉，就因為它接連使用三言短句，構成繁音促節，所以適宜表達激昂慷慨的壯烈情感。在小令短調中，有如〈釵頭鳳〉：

紅酥手，黃縢酒，滿城春色宮牆柳。
東風惡，歡情薄。
一懷愁緒，幾年離索。
錯！錯！錯！
春如舊，人空瘦，淚痕紅浥鮫綃透。

桃花落，閒池閣。
山盟雖在，錦書難托。
莫！莫！莫！

——陸游《放翁詞》

這一曲調，上下闋各疊用四個三言短句，四個四言偶句，一個三字疊句，而且每句都用仄聲收腳，儘管全闋四換韻，但不使用平仄互換來取得和婉，卻在上半闋以上換入，下半闋以去換入，這就構成整體的拗怒音節，顯示一種情急調苦的姿態，是恰宜表達作者當時當地的苦痛心情的。

又如〈撼庭秋〉：

別來音信千里，恨此情難寄。
碧紗秋月，梧桐夜雨，幾回無寐！
樓高目斷，天遙雲黯，只堪憔悴。

念蘭堂紅燭，心長焰短，向人垂淚。

——晏殊《珠玉詞》

這一曲調的組成幾乎全部都是用的偶句，而上半闋在開首一個六言偶句之後，接上一個改用逆入的上一下四句式，把衝動的感情勉強拽住，恰如書法家所謂「無垂不縮」的道理，以下接著三個四言偶句，句句仄收，顯示一種倔強的情調。下半闋在前後重複運用這個形式中間，只加一個承上領下的去聲字（「念」字），使整個音節呈現著一種勁挺的姿勢。應用這類的曲調來表達離情，是不會流於軟媚的。

推演這類句式的節奏聲容，從而構成適宜抒寫淒壯鬱勃情緒的長調，有如〈水龍吟〉是最好的範例：

楚天千里清秋，水隨天去秋無際。
遙岑遠目，獻愁供恨，玉簪螺髻。
落日樓頭，斷鴻聲裡，江南遊子。
把吳鉤看了，欄杆拍遍，無人會，登臨意。

休說鱸魚堪鱠，盡西風、季鷹歸未？
求田問舍，怕應羞見，劉郎才氣。
可惜流年，憂愁風雨，樹猶如此！
倩何人喚取，紅巾翠袖，揾英雄淚。

——辛棄疾〈登建康賞心亭〉，見《稼軒長短句》

這一長調的整體結構主要是以十七個四言偶句構成，而上下闋各以三個偶句組成一個片段。但從整體上看，又復偶中有奇，儼然如岑參〈走馬川行〉中「輪臺九月風夜吼，一川碎石大如斗，隨風滿地石亂走」那樣三句一氣聯翩直下的變格，和〈撼庭秋〉的句式配置則完全相同。除了前半闋的句腳字用了兩個平聲，後半闋又用一個平聲，從而使音節略轉諧婉外，其餘並用仄聲收腳。而在前半闋的後段，用了一個「把」字，領下兩個四言偶句、兩個三言奇句；後半闋的後段，用了一個「倩」字，領下三個四言偶句，結尾更用上一下三的特殊句式，予以逆折頓挫，恰好顯示本曲的淒壯鬱勃的聲容態度。

至於多用三言短句構成短調小令，乍看有些和〈釵頭鳳〉組織形式相像的，有如〈更漏子〉：

玉爐香，紅燭淚，偏照畫堂秋思。
眉翠薄，鬢雲殘，夜長衾枕寒。
梧桐樹，三更雨，不道離情正苦。
一葉葉，一聲聲，空階滴到明。

——溫庭筠《花間集》

這一短調雖然上下闋同樣用了四個三言奇句，但落腳則一平一仄更迭使用，韻部亦平仄互轉，這就構成和婉音節，情調迥不相同了。

連用多數仄聲收腳而又雜有特殊句式組成的短調小令，常是顯示拗峭挺勁的聲情，適宜表達「孤標聳立」和激越不平的情調。例如〈好事近〉：

春路雨添花，花動一山春色。
行到小溪深處，有黃鸝千百。
飛雲當面化龍蛇，夭矯轉空碧。
醉臥古藤陰下，了不知南北。

——秦觀〈夢中作〉，見《淮海居士長短句》

搖首出紅塵，醒醉更無時節。
活計綠蓑青笠，慣披霜衝雪。
晚來風定釣絲閒，上下是新月。
千里水天一色，看孤鴻明滅。

——朱敦儒〈漁夫詞〉，見《樵歌》

凝碧舊池頭，一聽管弦淒切。
多少梨園聲在，總不堪華髮。

杏花無處避春愁，也傍野煙發。
惟有御溝聲斷，似知人嗚咽。
——韓元吉〈汴京賜宴，聞教坊樂，有感〉，見《南澗詩餘》

這一短調的聲容所以拗峭激越，主要關鍵在上下闋除第一句落腳字用平聲外，以下連用仄收；而且下半闋的第二句必得使用「仄仄仄平仄」，構成拗怒的音節，兩結句又必須用逆入的上一下四句式；全闋必須選用短促的入聲韻部，才能使「情與聲會」，恰好烘托出上面所舉諸例的特定內容。

還有和〈撼庭秋〉同一類型而和〈釵頭鳳〉、〈好事近〉的聲容態度差相彷彿的短調，例如〈鹽角兒〉：

開時似雪，謝時似雪，花中奇絕。
香非在蕊，香非在萼，骨中香徹。
占溪風，留溪月，堪羞損、山桃如血。

直饒更疏疏淡淡，終有一般情別。

——晁補之〈亳社觀梅〉，見《晁氏琴趣外篇》

又如〈憶少年〉：

無窮官柳，無情畫舸，無根行客。
南山尚相送，只高城人隔。
罨畫園林溪紺碧，重算來、盡成陳跡。
劉郎鬢如此，況桃花顏色！

——晁補之〈別曆下〉，見《晁氏琴趣外篇》

這〈鹽角兒〉上半闋的句式和聲韻組織，幾乎和〈撼庭秋〉的下半闋相同；下半闋雖然開首就用了兩個三言對句，而且句腳用了平仄聲遞收，似乎轉入了諧婉；但接著連用兩個上三下四的特殊句式，直到末了，都用仄聲收韻；韻部又選用短促的入聲，這就充分顯示著拗峭勁挺的激越情調，恰稱梅花標格。〈憶少年〉的上半闋連用三個四言偶句，和〈鹽角兒〉同一機杼；接著又用一個「平平去平仄」的拗句，一個逆入的上一下四句式，它那激越的情調已經充分呈現出來了。下半闋第二句又運用了上三下四的特殊句式；接著又是一個「平平去平仄」的拗句和一個上一下四的頓挫句；加上整個仄聲收腳，而且用的都是入聲韻，這就構成它那迫切淒厲的聲容，恰好表達出作者的萬般感慨。

至於平仄韻互換，和〈更漏子〉略相彷彿的單調小令，有如〈調笑令〉：

河漢，河漢，曉掛秋城漫漫。
愁人起望相思，江南塞北別離。
離別，離別，河漢雖同路絕。

——韋應物《韋江州集》

楊柳，楊柳，日暮白沙渡口。
船頭江水茫茫，商人少婦斷腸。

腸斷，腸斷，鷓鴣夜飛失伴。

——《樂府詩集》卷七十九〈近代曲辭〉錄王建作

這一曲調，首尾並用兩個二言疊句，接著一個六言偶句；中腰又用兩個六言偶句；違反了「奇偶相生」的和諧法則。雖然韻部平仄略見諧調，取得婉轉相應的效果，總的說來，情調是迫促的。

提到慢曲長調，在音節上呈現拗怒激越聲情的，一般更是多用仄聲收腳的四言和六言偶句，雜以二言或三言短句，並押入聲部韻。例如〈蘭陵王〉：

柳陰直，煙裡絲絲弄碧。
隋堤上，曾見幾番，拂水飄綿送行色？
登臨望故國。
誰識？
京華倦客？
長亭路，年來歲去，應折柔條過千尺。

閒尋舊蹤跡。
又酒趁哀弦，燈照離席。
梨花榆火催寒食。
愁一箭風快，半篙波暖，回頭迢遞便數驛，望人在天北。
悽惻，恨堆積。
漸別浦縈回，津堠岑寂。
斜陽冉冉春無極。
念月榭攜手，露橋聞笛。
沉思前事，似夢裡，淚暗滴。

——周邦彥《清真集》

據毛幵《樵隱筆錄》：「紹興初，都下盛行周清真詠柳〈蘭陵王慢〉，西樓南瓦皆歌之，謂之〈渭城三疊〉。以周詞凡三換頭，至末段，聲尤激越，惟教坊老笛師能倚之以節歌者。」這〈蘭陵王〉的曲譜，現仍保留於日本，灌有留聲機片。我們單就周詞的句度安排和聲韻組織來試探它的「至末段聲尤激越」的原因。在句式上，末段用了一個二言、一個三言短句，又以一個去聲「漸」字領兩個四言偶句，一個去聲「念」字也領兩個四言偶句；而在一句之中的平仄安排，又故意違反調聲常例，有如「津堠岑寂」的「平去平入」，「月榭攜手」的「入去平上」，「似夢裡」的「上去上」，「淚暗滴」的「去去入」；又在每句的落腳字，除「漸別浦縈回」獨用平聲，較為和婉外，其餘並用仄收；這就構成它的拗怒音節，顯示激越聲情，適宜表達蒼涼激越的情調。再看它的整體結構。第一段用了一個二言、三個三言短句和三個四言、一個六言偶句，雖然中間參錯著一個五言、兩個七言奇句，好像符合「奇偶相生」的調整規律，但在句中的平仄安排，卻又違反調聲常例，有如「拂水飄綿送行色」的「入上平平去平入」，「登臨望故國」的「平平去去入」，「應折柔條過千尺」的「平入平平去平入」，又都構成拗怒的音節。第二段用了一個以去聲「又」字領兩個四言偶句和一個以平聲「愁」字領兩個四言偶句，雖然參錯著兩個五言、兩個七言奇句，似乎有了「奇偶相生」的諧婉音節，但句中的平仄安排卻又違反調聲常例，有如「閒尋舊蹤跡」的「平平去平入」，「回頭迢遞便數驛」的「平平平去去去入」，「望人在天北」的「去平去平入」，加上偶句「燈照離席」的「平去平入」，「一箭風快」的「入去平去」，都是一些不能自由變更的拗句。把這三段的聲韻組織聯繫起來，仔細體味，確是越來越緊，充分顯示激越聲情，和一種軟媚的靡靡之音是截然殊致的。

有的慢曲長調，雖然在句度上顯示「奇偶相生」之美，但奇句多用逆入式的特殊句法，偶句多用六言句式，而且在句中的平仄安排又多拗犯，也一樣可以構成激越的聲情。例如〈浪淘沙慢〉：

曉陰重，霜凋岸草，霧隱城堞。
南陌脂車待發，東門欲飲乍闋。
正拂面垂楊堪攬結，掩紅淚、玉手親折。
念漢浦離鴻去何許？經時信音絕。
情切，望中地遠天闊。
向露冷風清無人處，耿耿寒漏咽。
嗟萬事難忘，唯是輕別。

翠樽未竭，憑斷雲留取西樓殘月。
羅帶光銷紋衾疊，連環解、舊香頓歇。
怨歌永、瓊壺敲盡缺。
恨春去不與人期，弄夜色，空餘滿地梨花雪。

——周邦彥《清真集》

這一長調的句法變化和拗句太多了。有如「掩紅淚玉手親折」（上平去入上平入）是上三下四的拗句；「連環解舊香頓歇」（平平上去平去入）和「恨春去不與人期」（去平去入上平平）是上三下四的平句。又如「正拂面垂楊堪攬結」（去入去平平平上入）是以一領七的平句，「念漢浦離鴻去何許」（去去上平平去平上）和「向露冷風清無人處」（去去上平平平平去）是以一領七的拗句，「憑斷雲留取西樓殘月」（平去平平上平平平入）是上三下六的平句，「怨歌永瓊壺敲盡缺」（去平上平平平去入）是上三下五的平句。這都是一些錯綜變化的特殊句式。還有一些拗句，如「霧隱城堞」的「去上平入」，「東門帳飲乍闋」的「平平去上去入」，

「望中地遠天闊」的「去平去上平入」，「耿耿寒漏咽」的「上上平去入」，「唯是輕別」的「平去平入」，「羅帶光消紋衾疊」的「平去平平平入」，「弄夜色」的「去去入」，都是構成拗怒音節的主要條件。把這許多拗句和特殊句式聯繫起來，取得和諧與拗怒的矛盾的統一。這也就是王國維所稱：「讀其詞者，猶覺拗怒之中，自饒和婉，曼聲促節，繁會相宣，清濁抑揚，轆轤交往。」（《清真先生遺事》）這一切都是由原有曲調錯綜變化的節奏來決定的。

現在回過頭來看看，要構成和婉的音節，在長短句的安排上，怎樣最為適合「奇偶相生、輕重相權」的八字法則？我們首先就得注意哪些調子是最接近近體詩的形式，哪些是摻雜了其他不同句式，它的落腳字的平仄又是怎樣安排的，就可以推測到每一音節和婉的曲調，哪種比較適宜抒寫纏綿淒豔的感情，哪種比較適宜抒寫雍容華貴的風度，哪種比較適宜抒寫波瀾壯闊的襟抱，哪種比較適宜抒寫跌宕開擴的胸懷。這一切都得先仔細體會他們的聲容，才可以夠得上具備「倚聲」的條件。

例如以三、五、七言句式構成而又使用平韻的詞牌調，音節是最流美的。前幾章中所提到的〈憶江南〉、〈浣溪沙〉、〈鷓鴣天〉一類短調，它們的句式都屬奇數，而在整體上看，必得加上一兩個對稱的句子，這就使參差和整齊取得一種調劑，而使它們的聲容態度趨於流麗諧婉。在五、七言近體詩的基礎上再加變化，藉以增加它的聲情之美的，有如下舉諸調：

（一）〈小重山〉：

春到長門春草青。
玉階華露滴，月朧明。
東風吹斷紫簫聲。
宮漏促，簾外曉啼鶯。

愁極夢難成。
紅妝流宿淚，不勝情。
手挼裙帶繞階行。
思君切，羅幌暗塵生。

——薛昭蘊《花間集》

（二）〈南鄉子〉：

回首亂山橫，不見居人只見城。
誰似臨平山上塔，亭亭，迎客西來送客行？
歸路晚風清，一枕初寒夢不成。
今夜殘燈斜照處，熒熒，秋雨晴時淚不晴。

——蘇軾《東坡樂府·送述古》

（三）〈南歌子〉：

雨暗初疑夜，風回便報晴。
淡雲斜照著山明，細草軟沙溪路馬蹄輕。
卯酒醒還困，仙村夢不成。
藍橋何處覓雲英？

只有多情流水伴人行。

——蘇軾《東坡樂府》

（四）〈江城子〉：

十年生死兩茫茫。
不思量，自難忘。
千里孤墳，無處話淒涼。
縱使相逢應不識，塵滿面，鬢如霜。
夜來幽夢忽還鄉。
小軒窗，正梳妝。
相顧無言，惟有淚千行。
料得年年腸斷處，明月夜，短松岡。

——蘇軾《東坡樂府・乙卯正月二十日夜記夢》

上述第一例〈小重山〉以三、五、七言參錯間用，落腳字的平仄也很調勻，就使它的聲容極掩抑低徊之致，恰宜表達纏綿悱惻的情感。第二例〈南鄉子〉只是兩首失粘格絕句詩的變體，前後闋首句減掉兩字，而把它拉移到第三句下面，增多一個韻腳，使音節益趨於完美。第三例〈南歌子〉前後闋並以兩個五言對句和一個七言、一個九言單句組成，由舒徐漸趨急促，末多兩字，顯得搖曳生姿，有餘音嫋嫋、纏綿不盡之致。第四例〈江城子〉前後闋並以七、三、三、七、三、三中間夾一個上四下五的九言句式組成，上緊促而下沉咽，又復異其情態。上述四例基本上是屬於音節流美的。至於〈阮郎歸〉：

舊香殘粉似當初，人情恨不如。
一春猶有數行書，秋來書更疏。
衾鳳冷，枕鴛孤，愁腸待酒舒。
夢魂縱有也成虛，那堪和夢無！

——晏幾道《小山詞》

除後闋開端化七言單句為三言對句外，並以七言和五言更迭組成。它在整體上的平仄安排，每句的第二字都用平聲，恰和〈南鄉子〉的全用仄聲相反，在情調上比較低沉而彼較高亢，所以適用的意境也有所不同。這一短調小令幾乎句句押韻，一氣緊逼而下，是較宜抒寫纏綿低抑情調的。

至於例用平韻而以四言和五言或六言和五、七言混合組成的短調小令，它們的音節態度基本上也是屬於流麗諧婉這一類型的。舉例如下：

（一）〈少年遊〉：

長安古道馬遲遲，高柳亂蟬嘶。
夕陽島外，秋風原上，目斷四天垂。
歸雲一去無蹤跡，何處是前期？
狎興生疏，酒徒蕭索，不似去年時。

——柳永《樂章集》

並刀如水，吳鹽勝雪，纖指破新橙。
錦幄初溫，獸香不斷，相對坐調笙。
低聲問：向誰行宿？城上已三更。
馬滑霜濃，不如休去，直是少人行！

——周邦彥《清真集》

（二）〈臨江仙〉：

夢後樓臺高鎖，酒醒簾幕低垂。
去年春恨卻來時。
落花人獨立，微雨燕雙飛。
記得小蘋初見，兩重心字羅衣，琵琶弦上說相思。
當時明月在，曾照彩雲歸。

——晏幾道《小山詞》

夜飲東坡醒復醉，歸來彷彿三更。
家童鼻息已雷鳴。
敲門都不應，倚杖聽江聲。
長恨此身非我有，何時忘卻營營？
夜闌風靜縠紋平。
小舟從此逝，江海寄餘生。

——蘇軾《東坡樂府》

這兩個短調，雖然句度長短各家略有出入，但都音節諧婉，聲情掩抑，對整體的安排是異常勻稱的。

接著再來談談仄韻短調的句式安排對表達不同情感的關係。例如范仲淹的〈漁家傲〉和〈御街行〉：

塞下秋來風景異，衡陽雁去無留意。
四面邊聲連角起。
千嶂裡，長煙落日孤城閉。
濁酒一杯家萬里，燕然未勒歸無計。
羌管悠悠霜滿地。
人不寐，將軍白髮征夫淚。

——《范文正公詩餘‧漁家傲》

紛紛墜葉飄香砌。
夜寂靜，寒聲碎。
真珠簾捲玉樓空，天淡銀河垂地。
年年今夜，月華如練，長是人千里！
愁腸已斷無由醉。
酒未到，先成淚。

殘燈明滅枕頭攲，諳盡孤眠滋味。
都來此事，眉間心上，無計相迴避。

——《范文正公詩餘・御街行》

這〈漁家傲〉前後闋除一個三言句外，約略相等於一首七言仄韻絕句，在句中的平仄安排是和諧的，而從整體的落腳字來看，音節卻是拗怒的。加之句句押韻，顯示著情緒的緊張迫促，是適宜於表達兀傲淒壯的爽朗襟懷的。〈御街行〉則是以三、五、七言的奇句和四、六言的偶句參互而成，看來好像最為適合「奇偶相生」的諧調規律，但前後闋除了中間一個七言句用了平收外，其餘全用仄聲收腳，這就構成了整體的拗怒多於和諧；而且下半闋連用一個六言、兩個四言的偶句直逼而下，採用一個五言單句使勁頓住，這就顯示著心胸開闊、英姿颯爽的蒼莽氣度，便是用來抒寫兒女柔情，也絕不至流於軟媚的。內容和形式的統一是千姿百態的，即使用的是同一題材，不同形式也能表現不同作者的不同性格。且看李清照的〈一剪梅〉：

紅藕香殘玉簟秋。

輕解羅裳，獨上蘭舟。

雲中誰寄錦書來？雁字回時，月滿西樓。

花自飄零水自流。

一種相思，兩處閒愁。

此情無計可消除，才下眉頭，卻上心頭。

——李清照《漱玉詞》

這後闋的內容和詞彙，不都和范仲淹〈御街行〉的後闋大致相仿嗎？但是我們把來對讀，細味兩者的音節態度，後一作者的「亦易飄颺於風雨」（劉熙載評韋端己、馮正中諸家詞語，見《藝概》卷四〈詞曲概〉）的嬌怯性氣，不是很容易體味出來的嗎？這〈一剪梅〉用了全部的平聲收腳，充分顯示著情調的低沉，是沒法把它振作起來的。

至於慢曲長調，它的句式的錯綜變化更是多種多樣的。怎樣構成拗怒的音節？前面已經約略談到過了。這裡且再舉幾個用平韻構成和諧音節的長調為例，對句式安排上的聲情加以分析。

極參差錯落之致，藉以顯示搖筋轉骨、剛柔相濟的聲容之美，我覺得〈八聲甘州〉這一長調是最能使人感到迴腸盪氣的。且把宋人諸名作舉例如下：

（一）柳永：

對瀟瀟暮雨灑江天，一番洗清秋。
漸霜風淒緊，關河冷落，殘照當樓。
是處紅衰翠減，苒苒物華休。
惟有長江水，無語東流。

不忍登高臨遠，望故鄉渺邈，歸思難收。
歎年來蹤跡，何事苦淹留？
想佳人、妝樓顒望，誤幾回、天際識歸舟？
爭知我、倚闌干處，正恁凝愁！

——《樂章集》

（二）蘇軾：

有情風萬里捲潮來，無情送潮歸。
問錢塘江上，西興浦口，幾度斜暉？
不用思量今古，俯仰昔人非。
誰似東坡老，白首忘機？
記取西湖西畔，正春山好處，空翠煙霏。
算詩人相得，如我與君稀。
約他年、東還海道，願謝公、雅志莫相違。
西州路，不應回首，為我沾衣。

——《東坡樂府・寄參寥子》

（三）吳文英：

渺空煙四遠，是何年輕天墜長星？
幻蒼崖雲樹，名娃金屋，殘霸宮城。
箭徑酸風射眼，膩水染花腥。
時靸雙鴛響，廊葉秋聲。
宮裡吳王沉醉，倩五湖倦客，獨釣醒醒。
問蒼天無語，華髮奈山青。
水涵空、闌干高處，送亂鴉斜日落漁汀。
連呼酒，上琴臺去，秋與雲平。

——《夢窗詞集・靈岩陪庾幕諸公遊》

上述三人的作品，在句讀節奏方面雖然有些出入，而激楚蒼涼的情調基本上是一致的。宋人傳世之作以柳詞為最早，我們要做聲律上的分析，當然必須以柳詞為標準。且看他是怎樣來處理這節奏關係的？開端就用一個去聲「對」字，領下一個七言平句和一個五言拗句；接著又用一個去聲「漸」字，使勁頂住上面兩個單句，領起下面三個四言偶句，而三個四言句中，又以最末一句緊束上面兩個對句，就格外顯得此詞句法和章法如何取得參互和諧的聲容之美。跟著遞用六、五、五、四的句式，錯綜奇偶，婉轉相生，不著一些滯相。過片使用一個六言偶句，作為過脈。接著又用一個去聲「望」字頂住上句，領起下面兩個四言偶句，構成參差和齊整的調協。再用一個去聲「歎」字，把上文加緊束住，並即領起下面一個四言偶句和一個五言單句，對上文折入一步，愈轉愈深。跟著換上一個上三下四的特殊句式，挺接一個上三下五的特殊句式，作出回眸卻顧的態勢，到此千回百折，跌宕生姿。更用逆入的上三下四，並於下四變二二為一三的特殊句式，緊接一個四言平句，總收全域。它的整體結構，是異常諧協的。

至於適宜鋪張排比、顯示寬宏器宇或雍容氣度的慢曲長調，常是多用四言偶句作為對稱格局，並於落腳字遞換平仄作為諧調音節的主要手段。這該以〈沁園春〉為最好範例：

疊嶂西馳，萬馬迴旋，眾山欲東。

正驚湍直下，跳珠倒濺；小橋橫截，缺月初弓。

老合投閒，天教多事，檢校長身十萬松。
吾廬小，在龍蛇影外，風雨聲中。
爭先見面重重，看爽氣朝來三數峰。
似謝家子弟，衣冠磊落；相如庭戶，車騎雍容。
我覺其間，雄深雅健，如對文章太史公。
新堤路，問偃湖何日，煙水濛濛？

——辛棄疾《稼軒長短句・靈山齊庵賦，時築偃湖未成》

何處相逢？登寶釵樓，訪銅雀臺。
喚廚人斫就，東溟鯨膾；圉人呈罷，西極龍媒。
天下英雄，使君與操，餘子誰堪共酒杯？
車千兩，載燕南趙北，劍客奇才。
飲酣畫鼓如雷，誰信被晨雞輕喚回？
歎年光過盡，功名未立；書生老去，機會方來。

使李將軍，遇高皇帝，萬戶侯何足道哉？

披衣起，但淒涼感舊，慷慨生哀。

——劉克莊《後村別調・夢孚若》

〈沁園春〉長調格局恢張，饒有雍容氣象。一起首疊用三個四言平收偶句，顯示從容不迫的姿勢。緊接一個仄聲（最好用去聲）領字，領起下面四個四言偶句，於嚴整中取得和諧。跟著又是兩個四言對句，緊接一個七言單句，藉以展開格局。挺接一個三言短句，再以一個仄聲（最好用去聲）字領下兩個四言對句，於整齊格局中見參差抑揚之美。過片變三個四言偶句為一個六言平句和一個以一領七的特殊句，使得它在換氣的地方呈現著駘蕩生姿的風致。下面和前闋全部相同。像這類和諧開展的曲調，最宜抒寫壯闊襟懷，表現恢弘器宇，因此歷來多被豪邁磊落的英雄志士所愛採用。

和〈沁園春〉的恢張格局約略相近的，還有〈風流子〉：

木葉亭皋下，重陽近，又是擣衣秋。

奈愁入庾腸，老侵潘鬢，謾簪黃菊，花也應羞。
楚天晚，白蘋煙盡處，紅蓼水邊頭。
芳草有情，夕陽無語，雁橫南浦，人倚西樓。
玉容知安否？香箋共錦字，兩處悠悠。
空恨碧雲離合，青鳥沉浮。
向風前懊惱，芳心一點，寸眉兩葉，禁甚閒愁？
情到不堪言處，分付東流。

——張耒《柯山詩餘》

這個曲調的組成，也很符合「奇偶相生」的和諧規律，並見掩抑低徊的恢張局勢，但運用對偶不及〈沁園春〉的疏宕跳脫，所以只能成為纏綿悱惻的淒調。

此外如〈憶舊遊〉、〈高陽臺〉一類的長調，亦饒和婉淒抑之音，留待下面再講，這裡就暫不舉例了。

第五講　論韻位安排與表情關係

我國詩歌素來是講究聲韻的。韻腳的相諧，一則可使前後呼應，在五音繁會中取得調節的效果；二則表示情感的起伏變化，使得疾徐中節；三則利用收音相同，易於記憶，並引起聯想。蕭梁劉勰對聲韻的作用早就有了精闢的闡明。他說：「異音相從謂之和，同聲相應謂之韻。」（《文心雕龍》卷七〈聲律〉第三十三）「異音相從」屬於句子中間的字調安排問題，必須四聲更替使用，才能取得和諧。這是因為「聲有飛沉，響有雙疊，雙聲隔字而每舛，疊韻雜句而必睽，沉則響發而斷，飛則聲颺不還，並轆轤交往，逆鱗相比。」（同上）把每個不同字調安排得當，就可做到「聲轉於吻，玲玲如振玉；辭靡於耳，累累如貫珠。」（同上）張炎在論「字面」時，也曾提到「詞中一個生硬字用不得，須是深加鍛鍊，字字敲打得響，歌誦妥溜，方為本色語。」（《詞源》卷下）我們掌握了這個基本法則，就可以解決句法上的「聲病」問題。要想把這些「振玉」、「貫珠」般的好句連綴起來，發揮絕大的感染力，就得進一步講究韻位的疏密，怎樣才最適宜於調節整體的相互關係，取得辭氣與聲情的緊密結合，達到思想性和藝術性的統一的頂峰。由於唐宋教坊樂家廣泛吸收了當時民間流行的新興曲子，使樂壇上呈現著異樣光彩；從而促醒詩人們注意吸取《詩經》、《楚辭》以逮漢魏六朝樂府詩與唐代大詩家在古、近體詩上的創格，窮究聲韻的變化，以納入各種新興曲子中，遂能對韻位的安排極諸變態。大體說來，一般諧婉的曲調，例以隔句或三句一協韻為標準，韻位均勻，又多選用平聲韻部的，率多呈現「紆徐為妍」的姿態。小令短調中，有如前面所提到過的〈鷓鴣天〉、〈小重山〉、〈定風波〉、〈臨江仙〉等調皆是。在同一曲調中，凡屬句句押韻的一段，聲情比較迫促，隔句押韻的所在，即轉入緩和。例如〈浣溪沙〉的上半闋句句押韻，情調較急；下半闋變作兩個七言對句，隔句一協，便趨緩和。〈鷓鴣天〉除開首連押兩韻外，皆隔句一協，那就更為從容諧婉了。至於〈阮郎歸〉，則除下半闋變七言單句為三言兩句，隔句一協，顯示換氣處略轉舒緩外，餘皆句句押韻，一氣旋折而下，使人感到情急調苦，淒婉欲絕。例如第四講中所提到的晏幾道〈小山詞〉和下面所列舉的兩首詞：

湘天風雨破寒初，深沉庭院虛。
麗譙吹罷小單于，迢迢清夜徂。
鄉夢斷，旅魂孤，崢嶸歲又除。
衡陽猶有雁傳書，郴陽和雁無！

——秦觀《淮海居士長短句》

天邊金掌露成霜，雲隨雁字長。
綠杯紅袖趁重陽，人情似故鄉。
蘭佩紫，菊簪黃，殷勤理舊狂。
欲將沉醉換悲涼，清歌莫斷腸。

——晏幾道《小山樂府》

這三闋同是表達迫促低沉情調，秦作尤為低抑悲苦。除韻位關係外，它那四個五言句子全用「平平平仄平」，平聲字在一句中占了五分之四，就更顯得情調的低沉，好像杜甫〈石壕吏〉中「夜久語聲絕，如聞泣幽咽」的淒音，和李白〈菩薩蠻〉的結句「何處是歸程？長亭連短亭」是異曲同工的。

再看仄韻短調的韻位安排在原則上是否相同。全闋隔句押韻，每句落腳字平仄互用，從整個音節看來是比較諧婉的，例如〈生查子〉：

墜雨已辭雲，流水難歸浦。
遺恨幾時休？心抵秋蓮苦！
忍淚不能歌，試托哀弦語。
弦語願相逢，知有相逢否？

——晏幾道《小山樂府》

西津海鶻舟，徑度滄江雨。
雙櫓本無情，鴉軋如人語。
揮金陌上郎，化石山頭婦。

何物繫君心？三歲扶床女。

——賀鑄《東山樂府》

由於每個句子上下相當的地位都用的仄聲，就不免雜著一些拗怒的氣氛。所以運用這個調子，除了改上下闋首句為「平平仄仄平」較為和婉外，還是適宜表達婉曲哀怨的感情而帶有幾分激切意味的。如〈卜運算元〉：

我住長江頭，君住長江尾。
日日思君不見君，共飲長江水。
此水幾時休？此恨何時已？
只願君心似我心，定不負相思意。

——李之儀《姑溪詞》

關於句中平仄和整個韻位安排，兩個曲調是一致的。

此外，有如〈青門引〉：

乍暖還輕冷，風雨晚來方定。
庭軒寂寞近清明，殘花中酒，又是去年病。
樓頭畫角風吹醒，入夜重門靜。
那堪更被明月，隔牆送過秋千影！

——張先《張子野詞》

上下闋前兩句皆連協，入後上隔兩句、下隔一句才協，前急後徐，化短歎為長吁，別是一種情調。又如〈天仙子〉：

水調數聲持酒聽，午醉醒來愁未醒。
送春春去幾時回？臨晚鏡，傷流景，往事後期空記省。

沙上並禽池上暝，雲破月來花弄影。
重重簾幕密遮燈，風不定，人初靜，明日落紅應滿徑。

——張先《張子野詞》

你看，這前後闋中，除中間夾了一個七言平收句略為舒展語氣，恍如長歎一聲外，不都是句句押韻，到末了愈轉愈急嗎？兩個三言對句，拖上一個七言單句，不也是顯示傷春傷別，情急調苦的最好範例嗎？又如〈歸田樂〉：

試把花期數，便早有感春情緒。
看即梅花吐。
願花更不謝，春又長住，只恐花飛又春去。
花開還不語。
問此意年年，春還會否？
絳唇青鬢，漸少花前語。

對花又記得，舊曾遊處，門外垂楊未飄絮。

——晏幾道《小山詞》

這上半闋只第四、五句隔句一協，下半闋則除最末兩句連協外，皆隔句協韻，但只第二句平收，語氣略為和婉，餘並仄聲收腳，不是又在諧婉中夾有掩映低徊、迴腸盪氣的情調嗎？

一般說來，句句協韻的，也是韻位過密的，例宜表達激切緊促的思想感情，隔句協韻，也就是韻位均調的，例宜表達低徊掩抑的淒婉情調；後者尤以選用上去聲韻部最為適合。我們再看〈謁金門〉：

風乍起，吹皺一池春水。
閒引鴛鴦香徑裡，手挼紅杏蕊。
鬥鴨闌干獨倚，碧玉搔頭斜墜。
終日望君君不至，舉頭聞鵲喜。

——馮延巳《陽春集》

全闋句句押韻，一句一換一個意思，步步逼緊，不是充分活襯出一個傷春少婦的迫切心情來了嗎？

至於一曲之中，平仄韻遞換，一般跟著感情的起伏變化為推移。有上下闋四換韻，兩句一換，平仄遞轉的，就是在「轆轤交往」的調聲原則上發展而來。例如〈菩薩蠻〉：

小山重疊金明滅，鬢雲欲度香腮雪。
懶起畫蛾眉，弄妝梳洗遲。
照花前後鏡，花面交相映。
新帖繡羅襦，雙雙金鷓鴣。

——溫庭筠，見《花間集》

鬱孤臺下清江水，中間多少行人淚？

西北望長安，可憐無數山。

青山遮不住，畢竟東流去！

江晚正愁予，山深聞鷓鴣。

——辛棄疾《稼軒長短句・書江西造口壁》

這一曲調的韻位安排，雖然在整體上看來，相當勻稱，但兩句一轉，句句押韻，便表現為繁音促節，先短歎而後長吁。雖然也可用它來表達沉雄豪邁的壯音，而疾徐緩急間的波瀾起伏，基調上還是一致的。

和〈菩薩蠻〉的韻位安排大體相近的還有〈虞美人〉，也是平仄互換，兩句一轉：

落花已作風前舞，又送黃花雨。

曉來庭院半殘紅，惟有游絲千丈罥晴空。

殷勤花下同攜手，更盡杯中酒。

美人不用斂蛾眉，我亦多情無奈酒闌時！

——葉夢得《石林詞》

又有上下闋平仄韻互換，前緊促而後轉舒徐的，當以〈清平樂〉為最好的範例：

別來春半，觸目愁腸斷。
砌下落梅如雪亂，拂了一身還滿。
雁來音信無憑，路遙歸夢難成。
離恨恰如春草，更行更遠還生。

——李煜《李後主詞》

繞床饑鼠，蝙蝠翻燈舞。
屋上松風吹急雨，破紙窗間自語。
平生塞北江南，歸來華髮蒼顏。

布被秋宵夢覺，眼前萬里江山！

——《稼軒長短句・獨宿博山王氏庵》

上半闋全用仄韻，句句押韻，顯示情調緊張；下半闋轉平，第三句並改仄收，隔句一協，就顯得音節和緩，轉作曼聲，有纏綿不盡之致，是短調中最為美聽的。

還有全闋句句押韻，例用平韻，而於換頭處插入兩個仄聲短韻，藉以加強激越淒怨氣氛的，例如〈烏夜啼〉（又名〈相見歡〉）：

林花謝了春紅，太匆匆！
無奈朝來寒重晚來風！
胭脂淚，相留醉，幾時重？
自是人生長恨水長東！

——《李後主詞》

金陵城上西樓，倚清秋，萬里夕陽垂地大江流。

中原亂，簪纓散，幾時收？

試倩悲風吹淚過揚州。

——朱敦儒《樵歌》

都在換頭處添上兩個仄韻，把語氣一振，增強激動的心情，最末以「如怨如慕，如泣如訴」的九言長句長引一聲，也使讀者為之淒婉欲絕。又有全曲韻位安排顯得異常勻稱，但在上下闋的結句換上一個同部仄聲韻的，也有加強氣氛的作用，例如〈西江月〉：

攜手看花深徑，扶肩待月斜廊。

臨分少佇已倀倀，此段不堪回想。

欲寄書如天遠，難銷夜似年長。

小窗風雨碎人腸，更在孤舟枕上。

——賀鑄《賀方回詞》

醉裡且貪歡笑，要愁那得功夫？
近來始覺古人書，信著全無是處。
昨夜松邊醉倒，問松：我醉何如？
只疑松動要來扶，以手推松曰：去！

——《稼軒長短句．遣興》

長調的韻位安排，由於篇幅愈長，須得鋪張排比，有利於開闔變化的格局，那韻位疏密對表情的關係，就更顯得重要，也更複雜得多。一般說來，凡是屬於音節諧婉的調子，大多數是隔句一協或三句一協，而三句成一片段的格局，又多是用一個單句，一個對句組成。如第三講所舉〈滿庭芳〉中的「山抹微雲，天黏衰草，畫角聲斷譙門」是前對後單，〈木蘭花慢〉中的「正豔杏燒林，緗桃繡野，芳景如屏」，和第四講所舉〈八聲甘州〉中的「漸霜風淒緊，關河冷落，殘照當樓」也是如此，不過在對句之上加了一個去聲領字，每句收尾除〈八聲甘州〉連用兩仄較為拗峭外，餘皆平仄遞收；再和整篇的兩句一協統一起來，就顯得奇偶相生，饒有夷猶婉轉的姿態。如果遇到須押仄韻的長調也是三句成一片段，再安上一個韻位，如第四講所舉〈水龍吟〉中的「遙岑遠目，獻愁供恨，玉簪螺髻」三句一協，而且每句都用仄收，就顯得格外挺勁，無復婉曲情致。接著：「落日樓頭，斷鴻聲裡，江南遊子」，也是三句一協，因為第一句用了平收，也就略為和婉。接著：「把吳鉤看了，闌干拍遍，無人會，登臨意」，和下半闋的結尾：「倩何人喚取，紅巾翠袖，揾英雄淚」，雖然前者四句一協，後者三句一協，句法上也有些變化，但每句都用仄收，就構成整體的清壯拗峭的格局，宜於表達豪爽激動的感情。

還有的開端連協，接著隔句一協，彷彿五、七言近體詩押韻方式，它的音節是異常和婉的。例如〈風入松〉：

聽風聽雨過清明，愁草瘞花銘。
樓前綠暗分攜路，一絲柳、一寸柔情。

料峭春寒中酒，交加曉夢啼鶯。
西園日日掃林亭，依舊賞新晴。
黃蜂頻撲秋千索，有當時、纖手香凝。
惆悵雙鴛不到，幽階一夜苔生。

——吳文英《夢窗詞集》

此音節是何等的輕柔婉轉，極掩抑低徊之致，是最適宜於表達和婉情調的。再看南宋初期俞國寶描寫西湖春色，也是用的這個調子：

一春長費買花錢，日日醉湖邊。
玉驄慣識西湖路，驕嘶過、沽酒樓前。
紅杏香中簫鼓，綠楊影裡秋千。
暖風十里麗人天，花壓鬢雲偏。
畫船載取春歸去，餘情付、湖水湖煙。

明日重扶殘醉，來尋陌上花鈿。

——《宋詞三百首》

像這夷猶淡沲的音節態度，是和風光旖旎的湖上春遊恰恰相稱的。和〈風入松〉這個調子的聲容態度有些相近而特顯纏綿淒抑情調的，有如〈揚州慢〉：

淮左名都，竹西佳處，解鞍少駐初程。
過春風十里，盡薺麥青青。
自胡馬、窺江去後，廢池喬木，猶厭言兵。
漸黃昏，清角吹寒，都在空城。
杜郎俊賞，算而今、重到須驚。
縱豆蔻詞工，青樓夢好，難賦深情。
二十四橋仍在，波心蕩、冷月無聲。

念橋邊紅藥，年年知為誰生？

——姜夔《白石道人歌曲》

這上下闋都有三句成一片段處，對聲韻上的處理，是和〈滿庭芳〉、〈木蘭花慢〉、〈八聲甘州〉等調相同的。但整體的句法變化較多，特別顯得悲涼掩抑。兩結三用平收，更顯得淒咽低沉，哀怨無端，充分表露作者的沒落心情，只是「無可奈何」的哀音而已。

和〈揚州慢〉的低沉音節有些相近的，例如〈高陽臺〉：

接葉巢鶯，平波捲絮，斷橋斜日歸船。
能幾番遊？看花又是明年。
東風且伴薔薇住，到薔薇、春已堪憐。
更淒然，萬綠西冷，一抹荒煙。
當年燕子知何處？但苔深韋曲，草暗斜川。

見說新愁，如今也到鷗邊。
無心再續笙歌夢，掩重門、淺醉閒眠。
莫開簾，怕見飛花，怕聽啼鵑。

——張炎《山中白雲・西湖春感》

這個長調的韻位安排是合於和婉法則的。但在上下闋的中間和結尾都連用平收，就更顯出低沉情調，只適合表現哀怨心情。

還有〈憶舊遊〉的聲韻安排，也和〈揚州慢〉、〈高陽臺〉大體相像。例如周邦彥所寫：

記愁橫淺黛，淚洗紅鉛，門掩秋宵。
墜葉驚離思，聽寒蛩夜泣，亂雨蕭蕭。
鳳釵半脫雲鬢，窗影燭花搖。
漸暗竹敲涼，疏螢照曉，兩地魂銷。

迢迢，問音信，道徑底花陰，時認鳴鑣。
也擬臨朱戶，歎因郎憔悴，羞見郎招。
舊巢更有新燕，楊柳拂河橋。
但滿眼京塵，東風竟日吹露桃。

——《清真集》

像這類掩抑低沉的情調，是適宜於曼聲低唱的。它的韻位安排基本上是取得諧婉的。這上半闋的第二、三句，下半闋的第三、四句和結尾兩句，都連用平收，是音節低沉的關鍵所在。幸而最末用了一個「平平去入平去平」的拗句，把它略為振起，便顯得有些生意，不致淒婉欲絕了。

至於韻位相隔太遠，如〈沁園春〉上下闋都有四句成一片段，句末收音有諧有拗，構成一種莊嚴整肅氣象，是最適宜於鋪張排比，顯示雍容博大器宇的。除在第四講已經舉了辛棄疾和劉克莊各一首示範外，再拈辛作〈再到期思卜築〉一首，加以分析：

一水西來，千丈晴虹，十里翠屏。
喜草堂經歲，重來杜老；斜川好景，不負淵明。
老鶴高飛，一枝投宿，長笑蝸牛戴屋行。
平章了，待十分佳處，著個茅亭。

青山意氣崢嶸，似為我歸來嫵媚生。
解頻教花鳥，前歌後舞；更催雲水，暮送朝迎。
酒聖詩豪，可能無勢？我乃而今駕馭卿。
清溪上，被山靈卻笑，白髮歸耕。

——《稼軒長短句》

這個長調一開始就連用三個平收的句子，三句成一片段，顯得情調有些低沉。可是接著又連用三個仄收的句子，四句成一片段，再在承轉處用一個仄聲字，領下四個整整齊齊的兩聯對句，就好像帶來行列整肅的兩隊人馬，飛奔上陣，和上面表示出來的前鋒隊伍互相呼應，軍容陡頓振作起來。接著兩偶一單，三句成一片段，又化整肅為靈巧。續作陣勢變化，前單後偶，也是三句成一片段，顯示雍容不迫的氣度，是適宜於豪放派作家馳騁筆力的。過片連協兩句，顯示格局恢張，也使情調驟見緊湊；下面全同上闋，是構成整體的壯闊氣象。沒有宏偉開朗的才略襟抱，是很難運用得恰到好處的。

還有韻位相隔過遠，要靠善於換氣才能掌握它的音節態度，用來表達纏綿委婉而又緊張迫促的心情，也就是運用「潛氣內轉」的手法來處理這個特種聲韻組織，是要用暗勁的。例如〈八六子〉：

倚危亭，恨如芳草，萋萋刬盡還生。

念柳外青驄別後，水邊紅袂分時，愴然暗驚。

無端天與娉婷，夜月一簾幽夢，春風十里柔情。

怎奈何、歡娛漸隨流水，素弦聲斷，翠綃香減，那堪片片飛花弄晚，濛濛殘雨籠晴。

正銷凝，黃鸝又啼數聲。

——秦觀《淮海居士長短句》

這上半闋開端以三字短句起韻，接著兩句一協，於諧婉中見緊湊，有人推為「神來之筆」，其實是善於掌握這個曲調的聲情關係。接著用一個去聲「念」字緊束上文，提領下面兩個六言對句和一個四言單句，成一片段。因為末了兩句連用平收，驟轉低沉，就把末句作成「去平去平」的拗句，使它振起。過片亦緊接一韻，又用兩個六言對句，收尾平仄遞用，顯得和婉中有緊促。接著用「怎奈何」和「那堪」等五個虛字作為轉筋換氣的關紐，插上一個六言單句，兩個四言對句，兩個六言對句，一共五句才安上一個韻位，表示情緒的越來越緊，恨不得把千言萬語一氣吐出。但這緊湊的節奏，非得換氣，是唱不下去的，所以這五個虛字也就表示著可使作者便於把握這「潛氣內轉」的手法。接著一個三言短句，緊跟一個「平平去平去平」的特殊句式，連協兩韻，藉作收束，使一點癡情驟然驚醒，情景雙融，聲辭諧會。這藝術手法是值得我們深入體味的。

該用仄調的長調，一般也多是以隔句押韻或三句一協為準則的。例如〈念奴嬌〉：

大江東去，浪淘盡，千古風流人物。
故壘西邊，人道是：三國周郎赤壁。
亂石崩雲，驚濤裂岸，捲起千堆雪。
江山如畫，一時多少豪傑。

遙想公瑾當年，小喬初嫁了，雄姿英發。
羽扇綸巾，談笑間、檣櫓灰飛煙滅。
故國神遊，多情應笑我，早生華髮。
人間如夢，一尊還酹江月。

——《東坡樂府・赤壁懷古》

野棠花落，又匆匆過了，清明時節。
刬地東風欺客夢，一枕雲屏寒怯。

曲岸持觴，垂楊繫馬，此地曾輕別。
樓空人去，舊遊飛燕能說。
聞道綺陌東頭，行人長見，簾底纖纖月。
舊恨春江流不盡，新恨雲山千疊。
料得明朝，尊前重見，鏡裡花難折。
也應驚問，近來多少華髮？

——《稼軒長短句・書東流村壁》

這個長調的音節是激越高亢的。它的句讀安排一般以辛作為標準。它之所以聲情激壯，一由整體韻腳，只上下闋兩個四言偶句，一個五言單句，構成一個片段，用了一句平收外，其餘全用仄收，就自然顯示音節的拗怒；二由所用韻腳，一般選用短促的入聲韻部，可使感情儘量發洩，不帶含蓄意味。但從整體的韻位安排上來看，是相當勻稱的，因此能夠取得拗怒與和諧的矛盾的統一，適宜表達激壯慷慨的豪邁感情。它那調名的由來，就是有取於唐明皇時女高音歌唱家念奴足夠壓倒一切噪音的高調。據王灼說：「念奴每執板當席，聲出朝霞之上。今大石調〈念奴嬌〉，世以為天寶間所製曲。」（《碧雞漫志》卷五）這就說明這個長調的聲韻安排，是要符合曲調中的高亢音響的。

又如一般豪放派作家所共愛使用的〈賀新郎〉：

綠樹聽鵜鴂。
更那堪、鷓鴣聲住，杜鵑聲切。
啼到春歸無尋處，苦恨芳菲都歇。
算未抵人間離別。
馬上琵琶關塞黑，更長門翠輦辭金闕。
看燕燕，送歸妾。
將軍百戰身名裂，向河梁、回頭萬里，故人長絕。
易水蕭蕭西風冷，滿座衣冠似雪。
正壯士悲歌未徹。

啼鳥還知如許恨，料不啼清淚長啼血。
誰共我，醉明月？

——《稼軒長短句・別茂嘉十二弟》

湛湛長空黑。
更那堪、斜風細雨，亂愁如織。
老眼平生空四海，賴有高樓百尺。
看浩蕩千崖秋色。
白髮書生神州淚，盡淒涼不向牛山滴。
追往事，去無跡。
少年自負凌雲筆。
到而今、春華落盡，滿懷蕭瑟。
常恨世人新意少，愛說南朝狂客，把破帽年年拈出。
若對黃花辜負酒，怕黃花也笑人岑寂。

鴻北去，日西匿。

——劉克莊《後村別調・九日》

這一長調的韻位安排，除上下闋第四韻的單句為全篇筋節，連協兩韻，較為緊促外，餘並隔句一協，是合乎諧婉法則的。但全闋無一句不用仄收，而且用的韻部又屬短促的入聲，因而構成拗怒多於和婉的激越情調。比起〈念奴嬌〉來，此調更適合抒寫英雄豪傑激昂奮厲的思想感情。雖然這兩個長調在宋人已多改用上去聲韻部，一樣也適於表達清壯情調，但會略轉沉鬱一路，和〈摸魚兒〉差相彷彿。

關於〈摸魚兒〉的音節，是屬於「吞咽式」（參閱梁啟超〈中國韻文裡頭所表現的情感〉，刊於《飲冰室文集》）的，已在第三講中提到過。它所以適宜表達哽咽情調，除了句法上的參差變化安排得很恰當外，它的主要關鍵，還在上下闋的腰腹，以一個三言短句、一個上三下七的長句和一個四言偶句組成，而且句句協韻，就格外顯出一種低徊掩抑、欲吞還吐的特殊情調。例如辛詞上闋：「春且住，見說道、天涯芳草迷歸路。怨春不語」和下闋：「君莫舞，君不見、玉環飛燕皆塵土。閒愁最苦」等句，就是這個長調的筋節所在。在連協三韻後，跟著把韻位轉入疏闊，變為三句一協，便感千回百折，到此傾瀉不下，勉為含蓄，構成整體的幽咽情調，是夠使作者和讀者迴腸盪氣的。

像這一類型的「近」詞，適宜表達抑塞磊落的幽咽情調的，莫過於〈祝英臺近〉：

寶釵分，桃葉渡，煙柳暗南浦。
怕上層樓，十日九風雨。
斷腸點點飛紅，都無人管，倩誰勸、流鶯聲住？
鬢邊覷，試把花卜歸期，才簪又重數。
羅帳燈昏，哽咽夢中語：是他春帶愁來，春歸何處？卻不解、帶將愁去？

——《稼軒長短句・晚春》

採幽香，巡古苑，竹冷翠微路。
鬥草溪根，沙印小蓮步。

自憐兩鬢清霜，一年寒食，又身在、雲山深處。
晝閒度，因甚天也慳春，輕陰便成雨。
綠暗長亭，歸夢趁風絮。
有情花影闌干，鶯聲門徑，解留我、霎時凝竚。

——吳文英《夢窗詞集・春日客龜溪，遊廢園》

這一「近」詞的聲韻組織，無論從句度長短和韻位安排上，都是煞費經營，極盡奇偶相生、低徊掩抑能事的。上下闋都用上了三個平收的句子，和仄收的句子互相參錯，構成剛柔相濟的聲容之美。而在某些句子中的平仄安排，略作拗怒，有如「煙柳暗南浦」，「十日九風雨」，「才簪又重數」，「哽咽夢中語」等，都作「平仄仄平仄」或「仄仄仄平仄」，在每個句子的中心顯示激情，接著換上一個諧婉的四言和六言平句，緊跟情緒的發展，由隔句一協轉入三句一協，使在低徊欲絕的情景中，更作千回百折、迴腸盪氣的怨抑淒調，是最值得深入體味的。

談到宋代深通音律的作家，如柳永、周邦彥、姜夔等所創作或愛選用的慢曲長調，它的韻位變化跟著外境轉換和感情起伏為推移，那就更為複雜得多了。茲更舉例略加說明如下：

（一）〈長亭怨慢〉：

漸吹盡、枝頭香絮，是處人家，綠深門戶。
遠浦縈回，暮帆零亂，向何許？
閱人多矣，誰得似、長亭樹？
樹若有情時，不會得、青青如此！
日暮，望高城不見，只見亂山無數。
韋郎去也，怎忘得、玉環分付？
第一是、早早歸來，怕紅萼、無人為主。
算空有并刀，難剪離愁千縷。

——《白石道人歌曲》

（二）〈六醜〉：

正單衣試酒，悵客裡、光陰虛擲。
願春暫留，春歸如過翼，一去無跡。
為問花何在？夜來風雨，葬楚宮傾國。
釵鈿墮處遺香澤。
亂點桃蹊，輕翻柳陌。
多情最誰追惜？
但蜂媒蝶使，時叩窗隔。

東園岑寂，漸蒙籠暗碧。
靜繞珍叢底，成歎息。
長條故惹行客。
似牽衣待話，別情無極。
殘英小、強簪巾幘。

終不似、一朵釵頭顫嫋，向人欹側。
漂流處、莫趁潮汐。
恐斷紅、尚有相思字，何由見得？

——《清真集・薔薇謝後作》

（三）〈夜半樂〉：

凍雲黯淡天氣，扁舟一葉，乘興離江渚。
渡萬壑千巖，越溪深處。
怒濤漸息，樵風乍起，更聞商旅相呼，片帆高舉，泛畫鷁、翩翩過南浦。
望中酒旆閃閃，一簇煙村，數行霜樹，殘日下、漁人鳴榔歸去。
敗荷零落，衰楊掩映，岸邊兩兩三三，浣紗遊女，避行客、含羞笑相語。
到此因念：繡閣輕拋，浪萍難駐。

歎後約丁甯竟何據？慘離懷、空恨歲晚歸期阻，凝淚眼、杳杳神京路，斷鴻聲遠長天暮。

——《樂章集》

〈長亭怨慢〉是姜夔的自度曲，所謂「初率意為長短句，然後協以律」的。它的音節態度，於清勁中見峭折，亦復搖曳生姿。〈六醜〉是周邦彥創作的犯調。據周密記邦彥自稱：「此犯六調，皆聲之美者，然絕難歌。昔高陽氏有子六人，才而醜，故以比之。」（吳衡照《蓮子居詞話》卷一引《浩然齋雅談》）它的整個音節之美，顯示於韻位的疏密遞變和句式的奇偶相生，欲斷還連，千回百折，而又一氣貫注，搖筋轉骨，極諸變態，其藝術性的絕特，也是清真創調中所罕見的。〈夜半樂〉傳為唐人舊曲。據段安節《樂府雜錄》稱：「明皇自潞州入平內難，半夜斬長樂門關，領兵入宮翦逆人，後撰此曲。」（《碧雞漫志》卷四引）由此說來，這該是一套武舞曲，所以象徵開闔變化的陣容，而又於一氣驅使的格局中，備見激壯蒼涼、縱橫排奡的雄傑姿勢。雖然柳永用來抒寫羈旅行役之感，而偉岸奇麗的格局，還是可從音節態度上想像得之的。

第六講　論對偶

由於漢民族語言具有便於作成對偶的特性，所以上溯周秦典籍，下逮近代歌謠，乃至口頭戲謔，常是採取這種排偶形式。這一形式是素來就為人民群眾所喜聞樂見的。

把對偶形式由偶然產生發展成為有意識的大量創作，這是魏晉以來逐漸講究聲律的結果。所以劉勰在寫過〈聲律〉、〈章句〉之後，接著就有專篇討論這個對偶問題。他說：

造化賦形，肢體必雙；神理為用，事不孤立。夫心生文辭，運裁百慮，高下相須，自然成對。

這是說明在文學語言中多用對偶，也是合乎規律的。他又提出四種對法：

故麗辭之體，凡有四對：言對為易，事對為難，反對為優，正對為劣。

——《文心雕龍》卷七〈麗辭〉第三十五

他把「雙比空辭」叫作「言對」，「並舉人驗」叫作「事對」，「理殊趣合」叫作「反對」，「事異義同」叫作「正對」。這四種對法概括了對偶的主要形式，直到唐人近體詩的格式全部完成之後，又定出一種共同遵守的規格，也就是兩個長短相同的句子構成對偶時，在相同的地位，它的語義要相當（也就是虛實相當），字調要相反（也就是平仄相反），才算適合對偶的法則。這好比兩個人配成一對夫妻，必須是一男一女，也就是古人所說：「一陰一陽之謂道」。這樣構成的對偶，結果是十分和諧的。唐人所寫的五、七言律詩和駢文、律賦，都以這兩條規律為絕對共遵的標準。至燕樂曲興起之後，雖然句式的錯綜變化不可勝窮，但依據「奇偶相生、輕重相權」的八字法則，講求對偶的精巧，還得提到首要的地位。

一般對法和近體詩相同的，以小令短調為最多。約略舉例如下：

（一）三言對

青箬笠，綠蓑衣。
——張志和〈漁歌子〉

柳絲長，春風細。
驚塞雁，起城烏。
玉爐香，紅蠟淚。
眉翠薄，鬢雲殘。
——溫庭筠〈更漏子〉

水為鄉，蓬作舍。
酒盈杯，書滿架。
——李珣〈漁歌子〉

傾綠蟻，泛紅螺。
蘭棹舉，水紋開。
——李珣〈南鄉子〉

村舍外，古城旁。
——蘇軾〈鷓鴣天〉

花不語，水空流。
春悄悄，夜迢迢。
——晏幾道〈鷓鴣天〉

（二）四言對

細草愁煙，幽花怯露。
帶緩羅衣，香殘蕙炷。

小徑紅稀，芳郊綠遍。
翠葉藏鶯，朱簾隔燕。

——晏殊〈踏莎行〉

霧失樓臺，月迷津渡。
驛寄梅花，魚傳尺素。

——秦觀〈踏莎行〉

丁香枝上，豆蔻梢頭。

——王雱〈眼兒媚〉

（三）五言對

雨暗初疑夜，風回便報晴。

卯酒醒還困，仙村夢不成。

——蘇軾〈南歌子〉

落花人獨立，微雨燕雙飛。

——晏幾道〈臨江仙〉

誰知巴峽路，卻見洛城花。
幽花香澗谷，寒藻舞淪漪。
無波真古井，有節是秋筠。
和風春弄笛，明月夜聞簫。
青釭挑欲盡，粉淚浥還垂。

——蘇軾〈臨江仙〉

相逢俱白首，無語對西風。

水窮行到處，雲起坐看時。

——晁補之〈臨江仙〉

草平天一色，風暖燕雙高。
難回巫峽夢，空恨武陵桃。

——李之儀〈臨江仙〉

更無花態度，全是雪精神。

——辛棄疾〈臨江仙〉

一燈人著夢，雙燕月當樓。
瘦應因此瘦，羞亦為郎羞。

——史達祖〈臨江仙〉

亂山明月曉，滄海冷雲秋。

——段成己〈臨江仙〉

冰壺天上下，雲錦樹高低。

向來元落落，此去亦悠悠。

清泉明月曉，高樹亂蟬秋。

——元好問〈臨江仙〉

（四）六言對

夢後樓臺高鎖，酒醒簾幕低垂。

——晏幾道〈臨江仙〉

鳩雨催成新綠，燕泥收盡殘紅。

——陸游〈臨江仙〉

倦客如今老矣，舊時不奈春何！
遠眼愁隨芳草，湘裙憶著春羅。

——史達祖〈臨江仙〉

相見爭如不見，有情還似無情。

——司馬光〈西江月〉

鳳額繡簾高捲，獸鐶朱戶頻搖。
好夢狂隨飛絮，閒愁濃勝香醪。

——柳永〈西江月〉

玉骨那愁瘴霧，冰姿自有仙風。
素面常嫌粉涴，洗妝不褪唇紅。

——蘇軾〈西江月〉

月側金盤墮水，雁回醉墨書空。
蟻穴夢魂人世，楊花蹤跡風中。
——黃庭堅〈西江月〉

似有如無好事，多離少會幽懷。
不寄書還可恨，全無夢也堪猜。
——晁補之〈西江月〉

落寞寒香滿院，扶疏清影侵門。
皎皎風前玉樹，盈盈月下冰魂。
——謝逸〈西江月〉

日日深杯酒滿，朝朝小圃花開。
青史幾番春夢，黃泉多少奇才。
——朱敦儒〈西江月〉

明月別枝驚鵲，清風半夜鳴蟬。
七八個星天外，兩三點雨山前。

——辛棄疾〈西江月〉

萬事雲煙忽過，百年蒲柳先衰。
早趁催科了納，更量出入收支。

——張孝祥〈西江月〉

世路如今已慣，此心到處悠然。

——朱熹〈西江月〉

睡處林風瑟瑟，覺來山月團團。
句穩翻嫌白俗，情高卻笑郊寒。

零落不因春雨，吹噓何假東風。

有豔難尋膩粉，無香不惹遊蜂。——曹希蘊〈西江月〉

斷送一生惟有，破除萬事無過。（歇後語）
花病等閒瘦弱，春愁沒處遮攔。——黃庭堅〈西江月〉

（五）七言對

弱柳從風疑舉袂，叢蘭浥露似沾巾。——劉禹錫〈望江南〉

待月池臺空逝水，蔭花樓閣漫斜暉。——李煜〈浣溪沙〉

目送征鴻飛杳杳，思隨流水去茫茫。——孫光憲〈浣溪沙〉

無可奈何花落去，似曾相識燕歸來。——晏殊〈浣溪沙〉

早是出門長帶月，可堪分袂又經秋。——張泌〈浣溪沙〉

當路遊絲縈醉客，隔花啼鳥喚行人。——歐陽修〈浣溪沙〉

衣化客塵今古道，柳含春意短長亭。
戶外綠柳春繫馬，床前紅燭夜呼盧。——晏幾道〈浣溪沙〉

老幼扶攜收麥社，烏鳶翔舞賽神村。
雪沫乳花浮午盞，蓼茸蒿筍試春盤。
彩索身輕長趁燕，紅窗睡重不聞鶯。
紅玉半開菩薩面，丹砂穠點柳枝唇。

——蘇軾〈浣溪沙〉

自在飛花輕似夢，無邊絲雨細如愁。

——秦觀〈浣溪沙〉

風約簾衣歸燕急，水搖扇影戲魚驚。

忽有微涼何處雨，更無留影霎時雲。
突兀趁人山石狠，朦朧避路野花羞。

——周邦彥〈浣溪沙〉

引入滄浪魚得計，展成寥闊鶴能言。

——辛棄疾〈浣溪沙〉

茅店竹籬開席市，絳裙青袂斸姜田。

——范成大〈浣溪沙〉

紅蓼一灣紋纈亂，白魚雙尾玉刀明。

——張孝祥〈浣溪沙〉

忙日苦多閒日少，新愁常續舊愁生。

——陸游〈浣溪沙〉

玉鴨薰爐閒瑞腦，朱櫻斗帳掩流蘇。

——李清照〈浣溪沙〉

深院下關春寂寂，落花和雨夜迢迢。

——韓偓〈浣溪沙〉

風颺游絲隨蝶翅，雨飄飛絮濕鶯唇。

——珍娘〈浣溪沙〉

樓頭殘夢五更鐘，花外離愁三月雨。
窗間斜月兩眉愁，簾外落花雙淚墮。

——晏殊〈玉樓春〉

綠楊煙外曉寒輕，紅杏枝頭春意鬧。

——宋祁〈玉樓春〉

織成雲外雁行斜，染作江南春水淺。

——晏幾道〈玉樓春〉

歸帆初張葦邊風，客夢不禁篷背雨。

——蘇庠〈木蘭花〉

舞低楊柳樓心月，歌盡桃花扇底風。

——晏幾道〈鷓鴣天〉

翻空白鳥時時見，照水紅蕖細細香。

——蘇軾〈鷓鴣天〉

風前橫笛斜吹雨，醉裡簪花倒著冠。

——黃庭堅〈鷓鴣天〉

燕驚午夢周遮語，蝶困春遊落拓飛。

——李元膺〈鷓鴣天〉

晴雲欲向杯中起，春色先從臉上來。
——趙令畤〈鷓鴣天〉

春風攪樹花如雨，夕靄迷空燕趁門。
——呂渭老〈思佳客〉

拖條竹杖家家酒，上個籃輿處處山。
——朱敦儒〈鷓鴣天〉

雙檠分焰交紅影，四座春回粲晚霞。
——侯寘〈鷓鴣天〉

若教眼底無離恨，不信人間有白頭。
平岡細草鳴黃犢，斜日寒林點暮鴉。
浮天水送無窮樹，帶雨雲埋一半山。

千章雲木鉤輈叫，十里溪風䆉稏香。
紅蓮相倚渾如醉，白鳥無言定自愁。
人情輾轉閒中看，客路崎嶇倦後知。
已通樵逕行還礙，似有人聲聽卻無。
輕鷗自趁虛船去，荒犬還迎野婦回。
亂雲剩帶炊煙去，野水閒將日影來。
自從一雨花零落，卻愛微風草動搖。
都無晉宋之間事，自是羲皇以上人。

——辛棄疾〈鷓鴣天〉

勞勞燕子人千里，落落梨花雨一枝。

——張炎〈鷓鴣天〉

物情漸逐雲容好，歡意偏隨日腳長。

——石孝友〈鷓鴣天〉

酒闌更喜團茶苦，夢斷偏宜瑞腦香。

——李清照〈鷓鴣天〉

樓中燕子能留客，陌上楊花也笑人。
多情卻被無情惱，今夜還如昨夜長。
一江春水何年盡？萬古清光此夜圓。
只緣攜手成歸計，不恨埋頭屈壯圖。
舊時逆旅黃粱飯，今日田家白板扉。
浮萍自合無根蒂，楊柳誰教管送迎？

——元好問〈鷓鴣天〉

這上面所舉的一些對句，和唐人的律詩、律賦是一般的寫法，都是以聲調和諧、銖兩相稱為準則的。

至於一聯之中，音節略帶拗怒，這在小令短調是比較少的。就連長調慢詞，不用領格字的五、七言對句，拗的也不怎樣的多。有的拗在句中的，例如〈破陣子〉：

池上碧苔三四點，葉底黃鸝一兩聲。
——晏殊

身外儻來都似夢，醉裡無何即是鄉。
——蘇軾〈十拍子〉

蠟屐登山真率飲，筇竹穿林自在行。
——陸游

八百里分麾下炙，五十弦翻塞外聲。
——辛棄疾

有拗在句尾的，例如〈滿江紅〉：

幾許漁人飛短艇，盡載燈火歸村落。

——柳永

君是南山遺愛守，我為劍外思歸客。

——蘇軾

麥影離離翻翠浪，泉聲漉漉敲寒玉。

——葛剡

十幅雲帆風力滿，一川煙暝波光闊。

——蔡伸

點點不離楊柳外，聲聲只在芭蕉裡。

——張孝祥

三十功名塵與土，八千里路雲和月。

——岳飛

紅粉暗隨流水去，園林漸覺清陰密。
白羽風生貔虎譟，青溪路斷鼪鼯泣。
破敵金城雷過耳，談兵玉帳冰生頰。
馬甲裹屍當自誓，蛾眉伐性休重說。
樓觀才成人已去，旌旗未捲頭先白。
琴裡新聲風響珮，筆端醉墨鴉棲壁。
寶馬嘶歸紅旆動，龍團試水銅瓶泣。
東北看驚諸葛表，西南更草相如檄。
似整復斜僧屋亂，欲吞還吐林煙薄。
少日對花渾醉夢，而今醒眼看風月。
老冉冉兮花共柳，是棲棲者蜂和蝶。

——辛棄疾

鐵馬曉嘶營壁冷，樓船夜渡風濤急。
生怕客談榆塞事，且教兒誦花間集。
看山看水身尚健，憂晴憂雨頭先白。
空有鬢如潘騎省，斷無面見陶彭澤。

——劉克莊

河漢低垂天欲近，乾坤浩蕩秋無極。

——盧祖皋

有物揩磨金鏡淨，何人拿攫銀河決。

——史達祖

何處征帆雲杪去，有時野鳥沙邊落。
歲月無多人易老，乾坤雖大愁難著。

花樹得晴紅欲染，遠山過雨青欲滴。
——吳潛

池碎瀑聲荷捧雨，徑涵愁影篁篩月。
——李昂英

底處未嫌吾輩在，此心說與何人得。
——方岳

紫燕雛飛簾額靜，金鱗影轉池心闊。
——吳文英

錦樹摧殘蝴蝶老，冰綃剪破鴛鴦隻。
——元好問

像這一類的對句，於和諧中見拗怒，關鍵只在每句的收腳都用仄聲，就使人感到峭拔勁挺，顯示一種凜然不可侵犯的顏色，所以許多豪放作家都愛使用。

至於長調慢詞中的對偶，是變化多端的。有的和諧，有的拗怒，有的亦諧亦拗，參互用之。一般多用領格字給以提挈，或一聯之後束以單句，例如〈八聲甘州〉：

漸霜風淒緊，關河冷落，殘照當樓。

——柳永

又如〈水龍吟〉：

落日樓頭，斷鴻聲裡，江南遊子。

——辛棄疾

兼用領格字並取得「奇偶相生」妙用的，要以〈清真詞〉的變化為最多。例如第四講中提到過的〈蘭陵王〉和下面所舉〈大酺〉的前片：

對宿煙收，春禽靜，飛雨時鳴高屋。
牆頭青玉旆，洗鉛霜都盡，嫩梢相觸。
潤逼琴絲，寒侵枕障，蟲網吹黏簾竹。
郵亭無人處，聽簷聲不斷，困眠初熟。
奈愁極頻驚，夢輕難記，自憐幽獨。

你看它這平列和單行的隊伍，是怎樣的錯綜變化而又脈絡相通。寫巨幅長篇，是要在這關節眼裡悉心玩索的。

至於以一個領格字領四個四言偶句，也有的全諧，有的全拗，有的半諧半拗，關鍵多在落腳字。

（1）一字領八字全諧的偶句：

羨金屋去來，舊時巢燕；土花繚繞，前度莓牆。

——周邦彥〈風流子〉

念取酒東壚，尊罍雖近；採花南圃，蜂蝶須知。

——周邦彥〈紅羅襖〉

（2）一字領八字全拗的偶句：

念渚蒲汀柳，空歸前夢；風輪雨楫，終辜前約。

——周邦彥〈一寸金〉

（3）一字領八字半拗半諧的偶句：

況怨無大小，生於所愛；物無美惡，過則為災。

正驚湍直下，跳珠倒濺；小橋橫截，缺月初弓。

——辛棄疾〈沁園春〉

（4）不用領格八字全諧的偶句：

砧杵韻高，喚回殘夢；綺羅香減，牽起餘悲。

——周邦彥〈風流子〉

芳草有情，夕陽無語。雁橫南浦，人倚西樓。

——張耒〈風流子〉

至於以一字領四字偶句的，有如下例：

（1）諧句：

愛停歌駐拍，勸酒持觴。

——周邦彥〈意難忘〉

仗酒祓清愁，花消英氣。

——姜夔〈翠樓吟〉

（2）拗句：

料舟移曲岸，人在天角。

——周邦彥〈解連環〉

（3）半諧半拗句：

又酒趁哀弦，燈照離席。念月榭攜手，露橋聞笛。

——周邦彥〈蘭陵王〉

又有以一字領五字偶句的，例如：

觀露濕縷金衣，葉映如簧語。

——柳永〈黃鶯兒〉

又有以一字領六字偶句的，例如：

（1）諧句：

念柳外青驄別後，水邊紅袂分時，愴然暗驚。——秦觀〈八六子〉

（2）拗句：

有翩若驚鴻體態，暮為行雨標格。——聶冠卿〈多麗〉

歎事逐孤鴻盡去，身與塘蒲共晚。——周邦彥〈西平樂〉

又有以兩字領六言偶句的，例如：

（1）諧句：

那堪片片飛花弄晚，濛濛殘雨籠晴。

——秦觀〈八六子〉

（2）拗句：

似覺瓊枝玉樹相倚，暖日明霞光爛。

——周邦彥〈拜星月慢〉

周邦彥是最愛運用拗怒的音節來作成排偶的。像下舉五言四排句就是他的特點：

高柳春才軟，凍梅寒更香。暮雪助清峭，玉塵散林塘。

——〈紅林檎近〉

這類排句也偶見於別的詞家，例如：

花徑款殘紅，風沼縈新皺。乳燕穿庭戶，飛絮沾襟袖。

——李之儀〈謝池春慢〉

繡被掩餘寒，畫幕明新曉。朱檻連空闊，飛絮知多少！

——張先〈謝池春慢〉

大概他們都是想運用杜甫寫拗體詩的手法來入曲子詞，為倚聲家別開生面的。此外還有一種特殊手法，把對偶暗藏在單行隊伍中，如不仔細地觀察，就要忽略過去。例如：

檻菊蕭疏，井梧零亂，惹殘煙。

——柳永〈戚氏〉

隔窗寒雨，向壁孤燈，弄餘照。
風披宿霧，露洗初陽，射林表。
微呈纖履，故隱烘簾，自嬉笑。
河陰高轉，露腳斜飛，夜將曉。

——周邦彥〈早梅芳近〉

遠浦縈回，暮帆零亂，向何許。

——姜夔〈長亭怨慢〉

像這一類的例子當然還不在少數，這裡就不再一一列舉了。學填詞必得先學作對偶，關鍵是要取得詞義和字調的穩稱、和諧和拗怒的統一。而在長調慢詞中，尤其要把這項功夫鍛鍊得到家，才能舉重若輕，使思想感情和聲調色彩吻合無間。要達到杜甫〈麗人行〉所稱：「肌理細膩骨肉勻」的高度，是得要大費琢磨的。

第七講　論結構

不論要想寫好什麼樣式的文章，都得講究結構。歌詞是一種最為簡煉而又富於音樂性的文學形式，所以它更得講究結構精密。這原是古人共同重視的所謂「章句之學」。

要想發揮文學作品的感染力，把它的藝術性提高到頂點，是需要積累的。積字以成句，積句而成章，積章以成篇，宅句安章；要把整體安排得異常妥帖，才能達到圓滿的境地。好比要造一座瑰麗宏偉或小巧玲瓏的房子，首先得搞好設計，畫好圖紙，選好材料，一切準備齊全，再把基礎牢牢打好，達到杜甫詩中所謂「風雨不動安如山」的境界。這樣逐層進展，從把架子配搭得停當穩稱起，到安上一個富麗堂皇的屋頂，完成整個結構的工序是一點也不能草率凌亂的。

文字是語言的標記，而語言則是傳達個人的思想感情，用來感染廣大群眾，藉以發揮作用的。這又好比一個人的身體，四肢百骸要長得十分勻稱，腰部充實堅挺，骨肉勻稱，穠纖合度，兩條腿要站得穩，而又輕捷靈活，但傳神阿睹卻在眉眼間。所以古詩人描寫衛莊姜的美，先加以形體的刻畫：「手如柔荑，膚如凝脂，領如蝤蠐，齒如瓠犀，螓首蛾眉。」終之以神態的表達：「巧笑倩兮，美目盼兮」（《詩經・衛風・碩人》）。這末二句是傳神的所在，把一個容貌妍麗而又儀態萬方的絕世美人活生生地畫了出來。唐宋以來的詩家，把傳神的字叫作「詩眼」，詞家叫作「詞眼」（陸輔之《詞旨》），畫家也有「畫龍點睛」之筆。王實甫描寫崔鶯鶯所以能使張君瑞神魂顛倒，也只在「怎當他臨去秋波那一轉」（《西廂記》第一本第一折）。但這秋波一轉的魅力，必須和整體聯繫起來看，而能轉動這一秋波的主宰者，乃在神情的貫注，血脈的流通，把全身的精粹都集中到這「一轉」上來。所以我們想要把文學作品寫得有聲有色，充分地表達這種曲折微妙的思想感情，除了「因色以求氣」，把語言的疾徐輕重、抑揚頓挫和思想感情的起伏變化很巧妙地結合起來以外，還得要求脈絡通貫，不使發生一些阻滯。這道理，在劉勰論〈章句〉時就有了深透的闡發。他說：

章句在篇，如繭之抽緒，原始要終，體必鱗次。啟行之辭，逆萌中篇之意；絕筆之言，追媵前句之旨。故能外文綺交，內義脈注，跗萼相銜，首尾一體。

——《文心雕龍》卷七〈章句〉第三十四

這精義所在，就在闡明想要把一篇作品的結構安排得精密完整，首先得做到層次分明、血液貫注，或左顧右盼，或搖筋轉骨，務使意脈不斷，首尾相輝。恰如明、清聲樂理論家沈寵綏、徐大椿諸人所說，要想把每一個字唱得字正腔圓，達到「累累乎端如貫珠」的妙境，就得顧到每一個字的頭、腹、尾，運用「潛氣內轉」的手法，使這三個部分似斷還連，融成一體。

至於一篇作品，這頭、腹、尾三個部分要怎樣才能安排得適當呢？劉勰也曾把他的經驗告訴我們，他說：

凡思緒初發，辭采苦雜，心非權衡，勢必輕重。是以草創鴻筆，先標三準：履端於始，則設情以位體；舉正於中，則酌事以取類；歸餘於終，則撮辭以舉要。

——《文心雕龍》卷七〈熔裁〉第三十二

雖則他在這裡所說的，可能是指的一般長篇大論，與寫精煉的詩歌有所不同，但開首得把所要描述的情態概括地揭示出來，取得牢籠全體的姿勢；中間又得腰腹飽滿，開闔變化，無懈可擊；末後加以總結，收攝全神，完成整體。——這是各種文學作品所應共同遵守的規律，不能隨手亂來的。

古代大詩人就很注意每一作品的「發端」（就是起頭）。有的飄忽而來，奄有壓倒一切的氣概。例如曹植的「驚風飄白日，忽然歸西山」（《文選》卷二十四〈贈徐幹〉），謝脁的「大江流日夜，客心悲未央」（《文選》卷二十六〈暫使下都，夜發新林，至京邑，贈西府同僚〉）。有的故取逆勢，藉以激起下文所要鋪寫的壯闊波瀾。例如杜甫的「堂上不合生楓樹，怪底江山起煙霧。聞君掃卻赤縣圖，乘興遣畫滄州趣」（《杜工部集》卷一〈奉先劉少府新畫山水障歌〉）。我們只要瞭解了這兩種發端手法，而且很熟練地把它牢牢掌握住，那全篇的結構也就「胸有成竹」，可以盡情揮灑，不會怎樣感到吃力了。

倚聲填詞，因為得受各個不同曲調的制約，所以它的規格特別的嚴，就更得要求結構的精密。張炎在他所著的《詞源》裡也曾約略談到過這個問題。他是把小令和慢詞分開來談的。他說：

> 詞之難於令曲，如詩之難於絕句，不過十數句，一句一字閒不得，末句最當留意，有有餘不盡之意始佳。
>
> ——《詞源》卷下〈令曲〉

又說：

> 作慢詞看是甚題目，先擇曲名，然後命意，命意既了，思量頭如何起，尾如何結，方始選韻，而後述曲。最是過片不要斷了曲意，須要承上接下，如姜白石（夔）詞云：「曲曲屏山，夜涼獨自甚情緒？」於過片則云：「西窗又吹暗雨。」此則曲之意脈不斷矣。
>
> ——《詞源》卷下〈制曲〉

我們且把姜詞的全篇抄在下面，來研究一下它的結構：

庾郎先自吟愁賦，淒淒更聞私語。
露濕銅鋪，苔侵石井，都是曾聽伊處。
哀音似訴。
正思婦無眠，起尋機杼。
曲曲屏山，夜涼獨自甚情緒？

西窗又吹暗雨。
為誰頻斷續，相和砧杵？
候館迎秋，離宮吊月，別有傷心無數。
豳詩漫與。
笑籬落呼燈，世間兒女。
寫入琴絲，一聲聲更苦。

（自注：宣、政間，有士大夫製〈蟋蟀吟〉。並附小序：「丙辰歲，與張功甫會飲張達可之堂。聞屋壁間蟋蟀有聲，功甫約予同賦，以授歌者。功甫先成，辭甚美。予徘徊茉莉花間，仰見秋月，頓起幽思，尋亦得此。蟋蟀，中都呼為促織，善鬥。好事者或以三、二十萬錢致一枚，鏤象齒為樓觀以貯之。」）

——《白石道人歌曲・齊天樂》

我們要澈底瞭解這一首詞，首先得弄清楚它所表達的中心思想是什麼，進一步弄清它的脈絡，它的全身血液是怎樣灌輸下去的。

詞一開始就把限身在北周境內的梁朝文學家庾信所寫的〈愁賦〉作為發端，籠罩全篇的意旨，也就是小序中所提到的「仰見秋月，頓起幽思」，說明作者的題旨是在借這小蟲兒發抒國家興亡的感慨。由於北宋末期的汴梁（開封）首都，君臣上下相習於驕奢淫逸的豪侈生活，置強敵壓境於不顧，致遭汴京淪喪、「二帝蒙塵」的無比羞辱。單只這一玩蟋蟀的小事情，就可以反映南宋王朝的荒淫腐化，足夠導致亡國之慘。作者觸緒悲來，在內心深處潛伏著無限創痛，頓時引起聯想，感到這無知的微蟲，「唧唧復唧唧」，好像也在幫助有心人的歎息。開頭寥寥十三個字，就把整個題旨牢牢地扣住，這手法是煞費經營的。跟著把格局展開，使用兩個四言偶句和一個六言單句，點明以往聽取蟋蟀爭鳴的時地，收繳上文的「淒淒私語」，過脈到下文的「哀音似訴」，加以一頓，作為上半闋的關紐。再把一個領格的「正」字挺接上文，迫緊一步，由蟲鳴引起征婦的怨情，聯想到製作征衣的機杼，再一次扣緊蟋蟀（中都呼為「促織」）的題目，同時暗中透出汴京的淪亡，也不知犧牲了多少無辜戰士，造成寡婦孤兒的愁慘結局。「曲曲」二句欲擒故縱，再把局勢拓開，由人兜轉到物，物自無心，人則有情，誰能堪此？人和物又融成一片，把淒涼情緒和淒涼環境緊密地結合起來。過片把「西窗暗雨」從上片的「夜涼」逗引過來，隔個窗兒，做成進一步的淒涼景況，迅即兜轉到「思婦」情懷，又好像這無知的小蟲也會對有情人表示同感；隨即收繳「哀音似訴」以下一大段。這是由聽蟋蟀而聯想到廣大人民在北宋淪亡期間所遭受到的苦痛之一，也就是「庾郎先自吟愁賦」的一個方面。跟著由民間所遭受的苦痛轉到宮廷所遭到的恥辱，所謂「候館迎秋，離宮吊月，別有傷心無數」，暗指二帝被金兵俘虜北行，所有後宮妃嬪全都遭到蹂躪，這惡果是誰都難以避免的。「豳詩漫與」是用《詩經・豳風・七月》篇：

「十月蟋蟀，入我床下」的故實。據毛傳以〈七月〉為「周公陳王業」的詩篇。作者想到周室的興，是由於他們的先王「知稼穡之艱難」，任憑這小蟲進入床底，大家都安於這種簡單樸素生活；而北宋的亡國，卻從這小玩意兒身上充分反映出來。有如小序所稱：「好事者或以三、二十萬致一枚，鏤象齒為樓觀以貯之」，這是何等的荒淫景象！同是一隻小蟲兒，而所招致的結果卻是這般的懸殊，這就難怪作者要感歎這歌詠《豳風・七月》的詩人對這蟋蟀的「漫與」（意思是太隨便地誇獎了這小蟲兒）了。這四字又是下半闋的關紐所在。寫到這裡，又把今古興亡之感，在朝野交受其害的痛苦心情上推進一層，將情緒發展到最高峰。迅即運用一個領格的「笑」字一筆勾轉，以天真爛漫的兒童生活反襯出作者的沉痛心情。這一「笑」字，是從心靈深處徐徐冒起，幾經吞咽，終於迸發出來的。這是一種「苦笑」。所以緊跟著就用了「寫入琴絲，一聲聲更苦」九個字總結全文，將題旨全部揭出，一首一尾，遙相呼應。誰說姜夔詞只精音律，沒有思想內容呢！

至於發端用逆入手法，把來抒寫「吞咽式」的悲壯鬱勃的思想感情的，莫過於辛棄疾的〈摸魚兒〉「更能消幾番風雨」一闋，我在第三講和第五講中都曾提到過了。他這一首詞的中心思想，是有感於宋孝宗曾一度想給他以領兵北伐收復中原的重任，而被奸邪搖惑，孝宗也拿不定主意，對和戰大計長懷猶豫，使岌岌可危的江山半壁常在風雨飄搖中。因此在他由湖北轉運副使調任湖南轉運副使時，觸動了滿腔悲憤，而又憂讒畏譏，不便用〈滿江紅〉、〈念奴嬌〉一類激越的曲調盡情發洩，才採取了這一種欲吐還吞的方式。「更能消、幾番風雨，匆匆春又歸去。」人們稍加想像，就可感到孝宗是個容易動搖的最高統治者，為了首先顧到個人的地位，禁不起群小的包圍，有如大好春光，一經風雨飄搖，便又匆匆歸去了。接著改用「螺旋式」的手法，層層推進，步步緊逼。「惜春長怕花開早，何況落紅無數。」上句由「春又歸去」推進，下句遙映「幾番風雨」，意思是說他對軍事準備沒有充分把握的時候，是不肯輕率地向敵出擊的。他早就提出過「無欲速」和「能任敗」的大政方針（〈九議〉），要「不以小挫而沮吾大計」（〈美芹十論〉）。「落紅無數」，正是指的一班意志薄弱的滿朝文武，一經符離一役的挫敗，就不免於悲觀消沉。「春且住，見說道、天涯芳草無歸路。」又從上二句折進一層，這悲觀消沉，是無濟於事的。因為萋萋芳草綠遍天涯，除掉把定南針，勇往邁進，哪還找得出什麼出路來呢？「怨春不語」，折入對方，為什麼裝聾作啞、絕不作明朗表示呢？「算只有殷勤，畫簷蛛網，盡日惹飛絮。」抑揚頓挫，再度採用「吞咽式」

的手法，暗斥在朝奸佞，憑著他那花言巧語，藉以迷亂視聽，粉飾承平，恰似簷間蛛絲網，粘上一些落花飛絮，漫說「春在人間」，這是在騙誰呢？一面宕開，隨即束緊，更和發端的「更能消、幾番風雨」遙相映射，收繳上面一段傷春情事。過片由傷春轉入傷別，由自然現象轉入人世悲哀。護惜青春，人有同感。春盡待到柳絮飛時，便使粘上蛛網，也只等於「枯形閱世」，有何生意之可言？從而聯想到被打入冷宮的薄命佳人，可能還有重被恩寵的希望？「長門事，準擬佳期又誤。蛾眉曾有人妒。」借美人以喻君子，縱使君王回心轉意，其奈「眾女嫉予之蛾眉兮，謠諑謂予以善淫」何！「千金縱買相如賦，默默此情誰訴。」又從「蛾眉」遭「妒」推進一層，暗示「讒諂蔽明」，忠誠難白。「君莫舞，君不見，玉環飛燕皆塵土！」行文到此，發展到了最高峰，一片真情，不能更自壓抑，便把主題思想如「畫龍點睛」一般點了出來。結果是同歸於盡而已。從「長門事」以下，到此一筆收繳，再和上半闋的「畫簷蛛網」遙相激射，取得傷春和傷別的統一。「休去倚危闌，斜陽正在，煙柳斷腸處。」兜轉傷春，以景結情，反射發端二語。「斜陽煙柳」是「春又歸去」後的必然形勢，憂國憂民的英雄志士，遇到這般情景，也就只好「垂下簾櫳」不去看它了。這是何等嚴密的結構，多麼沉咽淒壯的聲情喲。

辛棄疾是現代所最推尊的愛國詞人。他的作品，到處洋溢著憂國的偉大抱負，原是不特意注重技巧的。他愛使用大開大闔，縱橫馳驟的筆陣，常是抓著一大堆的歷史故事，層層疊疊地累積起來，好像不相聯屬似的；再憑他那一腔豪氣和一枝健筆，把散亂滿盤的珠子一個勁兒地貫穿了起來。他這種不拘常格的結構，也是其他詞家所難辦到的。例如第五講所舉的〈賀新郎〉「綠樹聽鵜鴂」一闋，一發端羅列了許多禽鳥，接著又是一大串的歷史故事，好像雜亂無章似的。只憑上下闋的兩個「逆入平出」的七字句「算未抵、人間離別」和「正壯士、悲歌未徹」作為關紐，收繳上文，喚起下片，「千鈞一髮，顯出豪情壯采。」非有「推倒一世之智勇，開拓萬古之心胸」的偉大氣魄，是要弄到「畫虎不成反類狗」的。

辛棄疾的另一闋〈賀新郎〉（賦琵琶）詞，也是用的這一手法：

鳳尾龍香撥。
自開元、霓裳曲罷，幾番風月？
最苦潯陽江頭客，畫舸亭亭待發。
記出塞、黃雲堆雪。

馬上離愁三萬里，望昭陽宮殿孤鴻沒。
弦解語，恨難說。
遼陽驛使音塵絕。
瑣窗寒、輕攏慢撚，淚珠盈睫。
推手含情還卻手，一抹涼州哀徹。
千古事、雲飛煙滅。
賀老定場無消息，想沉香亭北繁華歇。
彈到此，為嗚咽。

——《稼軒長短句》卷一

這詞除發端「鳳尾龍香撥」五字點明一下題目外，就只把歷史故事抓了一大把，憑著一股傻勁，一氣趕下，直到「千古事、雲飛煙滅」，把前面一大堆東西用力一掃，好像清掃戰場似的，頓時出現一番壯烈氣象。挺接「賀老定場無消息，想沉香亭北繁華歇」，收繳全文，又和發端「霓裳曲罷」二句遙相映射，再用「彈到此，為嗚咽」作結，波瀾是異常壯闊的。

辛棄疾的憂國壯懷和憂讒隱痛，貫串在他所有的代表詞作中，是不能分割開來看的。他的結構嚴密而又聲情鬱勃的作品，也以表達這類的思想感情為最多，也最耐人尋味。茲再拈取兩首，予以格局上的分析。

其一是〈瑞鶴仙・賦梅〉：

雁霜寒透幕。
正護月雲輕，嫩冰猶薄。
溪奩照梳掠。
想含香弄粉，靚妝難學。
玉肌瘦弱，更重重、龍綃襯著。
倚東風、一笑嫣然，轉盼萬花羞落。
寂寞。
家山何在？雪後園林，水邊樓閣。

瑤池舊約，鱗鴻更仗誰托？粉蝶兒、只解尋桃覓柳，開遍南枝未覺。但傷心、冷落黃昏，數聲畫角。

——《稼軒長短句》卷五

題是「賦梅」，從梅花未開寫到將落，借用環境烘托，層次是很分明的。它的骨子裡卻隱藏著個人身世之感和關懷國家之痛，他那「磊魂不平之氣」還是躍然紙上的。他借用晚唐詩人韓偓「雲護雁霜籠澹月，雨連鶯曉落殘梅」的話意，來點出凍梅所處的環境。雁從北地把霜氣帶來，就是裝有重重簾幕，也抵不住寒威的侵襲，何況兀立在荒山窮谷中的梅樹？她那精神受到壓迫，是要感到痛苦的。接著仍寫梅方含蕊時的氣候，儘管霜威來襲，還沒到堅冰難忍的時期，天上的白雲也似乎對冷冷清清的明月具有同情心而予以遮護，教她好共梅魂保持純潔的心靈，那前途還是大有可為的。「溪奩照梳掠」五字轉進一層：不妨趁著這霜氣還不十分嚴重的時機，對著鏡面般的清泉從容梳掠，作好「一笑嫣然」的準備。「含香」二句從「梳掠」時的心境，感到「入時」妝飾的煞費經營。所以下面接上一句「玉肌瘦弱」，暗示內心的淒苦，但仍力自護持，把「與物為春」的冰玉精神牢牢保住，「龍綃襯著」約等於《離騷》「紉秋蘭以為佩」的芳潔之思。靜候「東風」的到來，便爾「一笑嫣然」，「轉盼」間頓使「萬花羞落」。這果於自信的樂觀主義精神，和「風流高格調」統一起來，是何等的光彩煥發，教人神移目眩！過片以「寂寞」二字點醒，想到當年的「突騎渡江」所為何事？夢裡家山，何曾打了回去？即使把我移種園林樓閣間，亦只有顧影自憐、忍寒增恨而已。「雪後」二句是借用北宋高士林逋「雪後園林才半樹，水邊籬落忽橫枝」的詩意，暗示「富貴非吾願」、棲隱亦非所期的微旨。所以緊接著「瑤池舊約，鱗鴻更仗誰托？」顯示隱約難達的衷情，正和〈摸魚兒〉「長門事、準擬佳期又誤」消息相通，自己是不甘寂寞的。「粉蝶」三句宕開，也是從「鱗鴻」六字的反面轉進一層，致慨於狂蜂浪蝶，一味追逐目前的榮華，把大好收復中原的機會全都失掉了。「南枝向暖北枝寒」也是有名的詠梅詩句，這裡借來暗示當時北方的起義軍，傾心南向，時機一失，大事就不復可為了。結以「冷淡黃昏，數聲畫角」，惋惜貞姿方茂，便爾凋零，畫角吹奏著〈梅花落〉的淒音，又該是如何的悲苦！「冷淡黃昏」四字，也從林逋的名句「暗香浮動月黃昏」七字中截取而來，正和發端的「護月雲輕」遙相激射。畫角聲中，再一凝想南來征雁，此情此景正自難堪。是花是人，亦只有在模糊淚眼中去心領神會而已。

其二是〈祝英臺近・晚春〉：

寶釵分，桃葉渡，煙柳暗南浦。
怕上層樓，十日九風雨。
斷腸點點飛紅，都無人管，倩誰勸、啼鶯聲住？
鬢邊覷，試把花卜心期，才簪又重數。
羅帳燈昏，哽咽夢中語：是他春帶愁來，春歸何處？卻不解、帶將愁去？

——《稼軒長短句》卷七

折釵贈別，原以表示後約有憑。桃葉渡頭，也是一處「南朝千古傷心地」（吳激〈人月圓〉，見《中州樂府》）。在〈桃葉渡〉中有這樣真摯的句子：「但渡無所苦，我自迎接汝。」（《樂府詩集》卷四十五〈吳聲曲辭〉）作者用來作為發端，以寓君臣離合的隱痛。「煙柳暗南浦」五字，加倍烘托出作者遭讒去國的沉痛心情，氣象是陰深沉鬱的。孝宗對他原有重用的意思，無奈讒人交織，又不得不暫時分手，以待後緣。當日那批小人，總是用盡陰謀詭計，一心要把他排擠出去，表面上給他以職位上的尊榮，骨子裡卻不斷加以陷害，而孝宗是懵然無所覺的。這從他所引用的〈桃葉渡〉漏出一些消息。跟著突出「怕上層樓，十日九風雨」九字，成為「千古高唱」，也就是從「煙柳暗南浦」五字折進一層來加倍渲染成功的。憂讒之極，岌岌自危，「十二金牌」和「莫須有」三字的奇冤，時時都在壓抑著愛國英雄的豪情壯志而使他連氣都透不過來。「斷腸」以下三句，可和〈摸魚兒〉的上半闋相互參看。因「十日九風雨」催成「點點飛紅」、「春意闌珊」的凋殘景象，那批醉生夢死的人們卻不管這些，依舊播弄著它那「如簧」的巧舌，一筆勾轉，收繳上段，情調是無限酸楚鬱勃的。過片著「鬢邊覷」三字，它的血脈是從「點點飛紅」二句暗注過來的。他那一夥對「點點飛紅」無動於衷，我呢？卻把飽經風雨的殘枝剩朵插向鬢邊予以珍惜，這是一個方面；在傷春傷別、憂讒念亂的哀怨交織中，簪上幾朵殘花，和怒生華髮映帶起來，又加倍渲染著滿腔悲憤，這又是一個方面。在「無可奈何」的絕望當中又不能不寄以一線的癡想，逼出下文「試把花卜歸期，才簪又重數」十一字，真是迴腸九轉，一字一淚，驚心動魄。「羅帳」二句，點出後半闋的眉眼，又和前半闋的「煙柳暗南浦」遙相激射，突出「讒譖消沮」的沉痛心情。以下長引一聲，呼天搶地，從而埋怨那司春之神，憑藉著他那長養萬物的威權，帶給人們以難言的苦痛，而到了這「點點飛紅」的危急關頭，他卻悄無聲息地溜走了。當他相送南浦時的約言：「但渡無所苦，我自迎接汝」，如今安在？這骨子裡蘊藏著的東西，絕不是一般兒女恩怨的離情別緒所能解釋得了的。

上面只是隨手拈來幾首歷來傳誦的宋詞，從內容和形式兩方面結合起來，酌加分析，幫助讀者深入學習古人的一些代表作品，並吸取經驗，藉以鍛鍊自己怎樣去表達思想感情的藝術手法。

至於前人有關詞的結構方面的理論，有就全域來談的，如宋沈義父說：

> 作大詞，先須立間架，待事與意分定了，第一要起得好，中間只鋪敘，過處要清新，最緊要是末句，須是有一好出場方妙。
>
> ——《樂府指迷》

這一段話可和前面所引張炎《詞源》的說法參互探討，也多是從慢詞長調著眼來談的。慢詞長調要特別重視起結，這是所有倚聲家所一致同意的。元陸輔之也曾說過：

> 對句好可得，起句好難得，收拾全藉出場。
>
> ——《詞旨》

清劉熙載更從陸說予以推衍，談得更為深透。他說：

> 余謂起、收、對三者皆不可忽。大抵起句非漸引即頓入，其妙在筆未到而氣已呑。收句非繞回即宕開，其妙在言雖止而意無盡。對句非四字六字即五字七字，其妙在不類於賦予詩。
>
> ——《藝概》卷四〈詞曲賦〉

一般作者多用「漸引」的起法，「頓入」則恒取逆勢。要做到「筆未到而氣已呑」的境界，我看只有蘇軾的「大江東去，浪淘盡、千古風流人物」（〈念奴嬌〉

「赤壁懷古」）和「明月幾時有？把酒問青天」（〈水調歌頭〉）以及辛棄疾的「更能消、幾番風雨，匆匆春又歸去」（〈摸魚兒〉）才可算得達到標準。至結語亦多取「繞回」而少用「宕開」，這在長調更是如此。所謂「言雖止而意無盡」，在短調小令中，一般卻都重視弦外餘音，因而多取「宕開」的手法。長調要收束得緊，怕的是散漫無歸宿，只有「以景結情」，才便「放開，合有餘不盡之意」（並見《樂府指迷》）。除沈氏所引《清真集》中的「斷腸院落，一簾風絮」（〈瑞龍吟〉）和「掩重關，遍城鐘鼓」（〈掃花遊〉）之外，我覺得柳永的「凝淚眼、杳杳神京路，斷鴻聲遠長天暮」（〈夜半樂〉，見第五講）和辛棄疾的「休去倚危闌，斜陽正在，煙柳斷腸處」（〈摸魚兒〉）都是宕開延伸，值得我們學習的。至於情景交融，首尾相應，起取「頓入」，收亦「繞回」，亦「宕開」，能夠做到一片神行而又顧盼生姿的境界，我是最喜歡秦觀〈八六子〉那一闋的。

以上所談，多屬於慢詞長調方面的結構手法，總不外乎頭、腹、尾三個部分安排得恰當，雖然中間的錯綜變化，由於每一曲調的不同，不能拘以一格，但都得處處顧到整體，要求血脈貫注，才能做到筆飛墨舞，極盡倚聲家的能事。

至於詞中所極意描繪的內容，要不處於情景兩者的融合。劉熙載說：

詞或前景後情，或前情後景，或情景齊到，相間相融，各有其妙。

——《藝概》卷四〈詞曲概〉

又說：

一轉一深，一深一妙，此騷人三昧，倚聲家得之，便自超出常境。

又說：

詞要放得開，最忌步步相連；又要收得回，最忌行行愈遠；必如天上人間，去來無跡，斯為入妙。

〈詞曲概〉

這些話都是講得很透闢的。觸景生情，托物起興，是所有謳詠的源泉，除此別無詩歌存在的餘地。不論「前景後情」也好，「前情後景」也好，「感於物而動」，因而詞人所描摹的「景」，即有「情」寓其中。例如第五講所舉辛棄疾的〈清平樂・獨宿博山王氏庵〉，上半闋所描寫的都是視覺或聽覺所接觸到的室內室外的「景」，而一種小丑跳樑、英雄失志的悲憤心情，即躍然於語言文字之外。這「前景」和「後情」即相融會，而意態畢出。又如李煜的〈烏夜啼〉：「林花謝了春紅，太匆匆！無奈朝來寒雨晚來風！」表面上所寫的是「花」、是外境，也就是「景」，骨子裡卻含蘊著作者的無窮哀怨的「情」，真正做到「一轉一深，一深一妙」。過片「胭脂淚，相留醉，幾時重？」是花，是人，亦連，亦斷。結以「自是人生長恨水長東」，把全域「宕開」，同時也把它放在「空中蕩漾」（借用劉熙載語），這就叫作「言雖止而意無盡」。使聽者如聞韓娥「曼聲哀哭，一里老幼，悲愁垂涕相對，三日不食」（《列子》卷五〈湯問〉）。又如李煜所寫的另一首〈烏夜啼〉：

無言獨上西樓，月如鉤。
寂寞梧桐深院鎖清秋。

剪不斷，理還亂，是離愁，別是一般滋味在心頭。

——《唐宋諸賢絕妙詞選》卷一

上半闋看似景語，而情在其中，不獨「無言獨上」和「寂寞」等字透露滿腔哀怨而已。過片二語是從「無言」孕出，接上「是離愁」三字，而上闋的如鉤眉月和深院梧桐，都只是「助寡人傷心資料」（借用唐明皇入蜀時語）。結以「別是一般滋味在心頭」，千迴百折，餘音嫋嫋，所以能使讀者盪氣迴腸，為之欷歔感歎而不能自已。

還有全部寫的只是外境，而一句一轉，一步逼緊一步，移步換形，愈轉愈深，直到最後才透露一點消息，就把個中人的神態和心理充分刻畫出來。你只要凝神閉目，仔細體味一下第五講所列舉的馮延巳〈謁金門〉一詞，就會瞭解到「吹皺一池春水，於卿何事？」（馬令《南唐書》卷二十一所載南唐中主李璟戲延巳語）是十分有意思的。

近人王國維特別推重李璟「菡萏香銷翠葉殘，西風愁起綠波間」二語，以為「大有眾芳蕪穢，美人遲暮之感」（《人間詞話》卷上）。且舉李璟兩詞如下：

其一：

菡萏香銷翠葉殘，西風愁起綠波間。
還與韶光共憔悴，不堪看。
細雨夢回雞塞遠，小樓吹徹玉笙寒。
簌簌淚珠何限恨，倚闌干。

其二：

手捲真珠上玉鉤，依前春恨鎖重樓。
風裡落花誰是主？思悠悠。
青鳥不傳雲外信，丁香空結雨中愁。
回首綠波三峽暮，接天流。

——〈攤破浣溪沙〉（其一、其二）

我們要理解李璟這兩首詞，先得約略瞭解作者當時的心境，並從每一首的整個結構來加以分析。作者是一個在文藝上深有素養而在政治上卻優柔寡斷的小皇帝，當日強鄰壓境，心懷憂情而又不敢抗爭，終至遷都南昌，抑鬱以死。這兩首詞，我疑心可能是他在廬山作的，所以有「雞塞（我以為是指的南京雞鳴埭）遠」和「三峽暮」的話。前一首的發端，也只是觸景生情，淡淡著筆，而含思淒婉，情融景中。他把「香銷」、「葉殘」歸結到「西風」的搖撼，卻不肯直說，而從「綠波間」泛起的皺紋，反映著這纖塵不染的荷花，終不免受到無情的摧殘，這難道是自然規律，「無所逃於天地之間」的嗎？「惟憂用老」，臉上的皺紋也和泛起的綠波差相彷彿。由此逗引出下文的「還與韶光共憔悴，不堪看」的無窮哀怨來。花和人、外境和內心，乃更融成一片。過片用兩個對句，折入所以「共憔悴」的因由和內在的憂鬱。「細雨」從「西風」轉進一層，釀成「憔悴」，又不但是「西風」的摧殘而已。「雞塞」在「夢回」時猶歷歷如在眼前，此身卻只悶處「小樓」，縱有「玉笙吹徹」，由於夢境全非，亦只增加清寒索寞的感受。由此逼出「多少淚珠何限恨」，百無聊賴地靠著闌干，發發呆想。「倚闌干」三字掉頭反顧，忍淚吞聲，亦只辨得將絕餘音，與「嫋嫋兮秋風」、「長無絕兮終古」（《楚辭・九歌》）而已。第二闋用的是「漸引」的起法，隨手拈來，而一種「無可奈何」的情態已隱約示現於模糊淚眼中，逼出「風裡落花誰是主？思悠悠」的淒調，也就點醒了整體的眉目。過片又是兩個對句，一從外境勾引內心，一從內心攝取外境，並自「風裡落花」逗入。家國興亡，到這時，已經是自己做不了主。「青鳥」不把西王母的音信從「雲外」傳來，想要當一個「陪臣」而赴「瑤池之宴」，又不免徘徊瞻顧，欲行不得，也就只好自處於「雨中」的「丁香」，「中心如結」，誰能把它解開呢？「三峽」居長江上游，而李璟的都城卻在長江下游的金陵（南京），「回首綠波」，「水隨天去」（借用辛棄疾〈水龍吟·登建康賞心亭〉詞中語），滔滔東逝，頹勢難挽，吾且謂之何哉！這結句是用「宕開」的守法，卻又與起句遙相映射，也可說是言已盡而意無窮，充分表達了他那悲觀消極的內在情感。

小令短調，最要重視結句所謂「一唱三歎」的裊裊餘音。我們能就南唐、北宋諸名家的作品中，加以往復涵詠，是可以吸取許多經驗，來增加自己的藝術手法的。

第八講　論四聲陰陽

倚曲填詞，首先要顧到歌者轉喉發音的自然規律，把每一個字都安排得十分適當，才不致拗嗓或改變字音，使聽者莫名其妙。我們學習填寫或創作歌詞，所以必須對四聲陰陽予以特別注意，甘受這些清規戒律的束縛，也只是為了使唱的人利於喉吻，唱得字字清晰，又能獲致珠圓玉潤的效果；聽的人感到鏗鏘悅耳，而又無音訛字舛的毛病。語言和曲調的結合，形式和內容的統一，確是要煞費經營的。

運用平、上、去、入四聲作為調整文學語言的準則，使它更富於音樂性，是從沈約、王融、謝朓等人開始的。經過無數作家的辛勤勞動，積累了許多寶貴經驗，建立了「約句準篇，回忌聲病」的所謂近體律詩，也只是為了便於長言永歎，增強詩歌的感染力。如果要把它和音樂曲調取得更嚴密的結合，就不像做近體詩只講平仄的那麼簡單。清初人黃周星在他著的《製曲枝語》中曾經說到：「三仄更須分上去，兩平還要辨陰陽。」原來在唐宋詞中，平聲的陰陽還不夠嚴格，只是上、去、入三聲的安排，不論在句子中間或韻腳上都比律詩要講究得多。一般韻腳是平入獨用、上去通協的。

宋詞作家注意平別陰陽、仄分上去入，最早見於張炎《詞源》卷下所引張樞（字斗南，張炎的父親）的《寄閒集》（音已失傳）。據張炎說：

先人曉暢音律，有《寄閒集》，旁綴音譜，刊行於世。每作一詞，必使歌者按之，稍有不協，隨即改正。曾賦〈瑞鶴仙〉一詞云：

捲簾人睡起。
放燕子歸來，商量春事。
風光又能幾？
減芳菲、都在賣花聲裡。
吟邊眼底。
被嫩綠、移紅換紫。

甚等閒、半委東風，半委小橋流水。
還是。
苔痕湔雨，竹影留雲，待晴猶未。
蘭舟靜艤，西湖上、多少歌吹？
粉蝶兒、守定落花不去，濕重尋香兩翅。
怎知人、一點新愁，寸心萬里。

此詞按之歌譜，聲字皆協，惟「撲」字稍不協，遂改為「守」字乃協。始知雅詞協音，雖一字亦不放過，信乎協音之不易也。又作〈惜花春起早〉云：「瑣窗深」。「深」字意不協，改為「幽」字，又不協，再改為「明」字，歌之始協。此三字皆平聲，胡為如是？蓋五聲有唇、齒、喉、舌、鼻，所以有輕清重濁之分。

這裡說明由於發音部位的不同，對咬準字音有著重大關係。劉熙載在他所著《藝概》卷四〈詞曲概〉中，有進一步的闡發。他說：

詞家既審平仄，當辨聲之陰陽，又當辨收音之口法。取聲取音，以能協為尚。玉田稱其父〈惜花春起早〉詞「瑣窗深」句，「深」字不協；改為「幽」字，又不協；再改為「明」字，始協；此非審於陰陽者乎？又「深」為閉口音，「幽」為斂唇音，「明」為穿鼻音，消息亦別。

這注意口法的理論，是從元、明以後在歌唱家的實際經驗中總結而來的。元人顧仲瑛所著《製曲十六觀》云：

曲中用字，有陰陽法。人聲自然音節，到音當輕清處，必用陰字，音當重濁處，必用陽字，方合腔調。用陰字法，如〈點絳唇〉首句，韻腳必用陰字。試以「天地玄黃」為句歌之，則「黃」字為「荒」字，非也。若以「宇宙洪荒」為句，協矣。蓋「荒」字屬陰，「黃」字屬陽也。用陽字法，如「寄生草」末句七字內，第五字必用陽字。以「歸來飽飯黃昏後」為句歌之，協矣。若以「昏黃後」歌之，則歌「昏」字為「渾」字，非也。蓋「黃」字屬陽，「昏」字屬陰也。

近人沈曾植就顧說再加闡明：「陰字配輕清，陽字配重濁，此當是樂家相傳舊法。」（《菌閣瑣談》）吳梅更以工尺字譜引申其說：「七音中合四為下，宜陽聲字隸之；六五為高，宜陰聲字隸之。」（蔡楨《詞源疏證》卷下引）這都是為了說明倚聲家所以必須嚴格講究四聲陰陽的理論根據，詞曲原是相同的。

關於這一問題的解答，我覺得明人王驥德說得比較詳盡。他在所著《方諸館曲律》中談到四聲平仄，是這樣說的：

四聲者，平、上、去、入也。平謂之平，上、去、入總謂之仄。曲有宜於平者，而平有陰、陽；有宜於仄者，而仄有上、去、入。乖其法，則曰拗嗓。蓋平聲聲尚含蓄，上聲促而未舒，去聲往而不返，入聲則逼側而調不得自轉矣。

——《曲律》卷二〈論平仄〉第五

這是說明四聲的不同性質，必得把它們安排在適當的地位，才使歌者不至於遭到「拗嗓」的困難。其論陰陽，又把南北曲的不同唱法作了剖析。他說：

夫自五聲之有清、濁也，清則輕揚，濁則沉鬱。周氏以清者為陰，濁者為陽；故於北曲中，凡揭起字皆曰陽，抑下字皆曰陰。而南曲正爾相反。南曲凡清聲字皆揭而起，凡濁聲字皆抑而下。今借其所謂「陰」、「陽」二字而言，則曲之篇章句字，既播之聲音，必高下抑揚，參差相錯，引如貫珠，而後可入律呂，可和管弦。倘宜揭也而或用「陰」字，則聲必欺字；宜抑也而或用「陽」字，則字必欺聲。陰、陽一欺，則調必不和；欲詘調以就字，則聲非其聲；欲易字以就調，則字非其字矣。毋論聽者迕耳，抑亦歌者棘喉。《中原音韻》載歌北曲〈四塊玉〉者，原是「彩扇歌，青樓飲」，而歌者歌「青」為「晴」，謂此一字欲揚其音，而「青」乃抑之，於是改作「買笑金，纏頭錦」而始叶；正聲非其聲之謂也。

——《曲律》卷二〈論陰陽〉第六

他這裡所引北曲〈四塊玉〉，是馬致遠寫的〈海神廟〉小令，全文如下：

彩扇歌，青樓飲，自是知音惜知音，桂英你怨王魁甚。但見一個傅粉郎，早救了買笑金，知它是誰負心。

——《梨園按試樂府新聲》卷下

這和《中原音韻》所錄：

買笑金，纏頭錦，得遇知音可人心。怕逢狂客天生沁。紐死鶴，劈碎琴，不害磣。

——《中原音韻・正語作詞起例》

原是兩回事。周德清只把它加上「纏字屬陽，妙」五個字的評語，並不曾說是用馬詞改的。但這第二句的第一字必得用陽平，就是因為緊靠著它的上一字，不論是「歌」字也好，「金」字也好，都屬陰平。依北曲的唱法，「金」字或「歌」字剛才抑下，那麼，下面就該揚起，所以必定要接上一個陽平的「纏」字。如果第二句的第一字用的仍是陰平的「青」字，就是違反了「高下抑揚、參差相錯」的規律，在旋律上轉不過來，就自然要把它變成「晴」了。

南曲對陰、陽平的唱法，恰恰和北曲相反，把陰聲揭起唱，陽聲抑下唱。但「高下抑揚、參差相錯」的基本法則，是一樣不能違反的。在南曲中陰、陽平的位置，就要看它和它緊靠著的那個字是否搭配得恰當，才能夠唱得準確美聽。據王驥德的說法：「大略陰字宜搭上聲，陽字宜搭去聲。」並從高則誠《琵琶記》中舉了一些例子：

例一（引自第五齣〈南浦囑別〉）：

旦唱：〔尾犯序〕無限別離情，兩月夫妻，一旦孤零。此去經年，望迢迢玉京。思省，奴不慮山遙路遠，奴不慮衾寒枕冷；奴只慮，公婆沒主，一旦冷清清。

生唱：〔前腔〕何曾，想著那功名？欲盡子情，難拒親命。我年老爹娘，望

伊家看承。畢竟，你休怨朝雨暮雲，只得替著我冬溫夏清。思量起，
如何教我割捨得眼睜睜。

旦唱：〔前腔〕儒衣才換青，快著歸鞭，早辦回程。十里紅樓，休重娶娉
婷。叮嚀，不念我芙蓉帳冷，也思親桑榆暮景。親囑咐，知他記否空
自語惺惺。

生唱：〔前腔〕寬必須待等，我肯戀花柳，甘為萍梗？只怕萬里關山，那更
音信難憑。須聽，我沒奈何分情破愛，誰下得虧心短行？從今去，相
思兩處一樣淚盈盈。

這一例中的「冷」字是掣板，要用抑下的唱法，以上聲字為最適當。「清」字要揭起唱，該用陰平聲字。後面「眼睜睜」的「眼」字、「語惺惺」的「語」字和前面的「冷」字，恰好都是上聲；緊接著「清清」、「睜睜」、「惺惺」等陰平字，都是異常協調的。只有最後「淚盈盈」的「淚」字還是去聲；唱起來，一開口就感到

用盡氣力，還是轉不過來；下面緊接著「盈盈」兩個陽平字，也不便於揭起，所以必得把「盈」字唱作陰平的「英」字。這個「陽搭去」，是因為去在上面而陽在下，而且緊靠著是兩個去聲、兩個陽平的緣故。

例二（引自第二十七齣〈中秋賞月〉）：

生唱：〔念奴嬌序〕孤影，南枝乍冷，見烏鵲縹緲驚飛，棲止不定。萬點蒼山，何處是，修竹吾廬三徑？追省，丹桂曾攀，嫦娥相愛，故人千里謾同情。

貼唱：〔前腔〕光瑩，我欲吹斷玉簫，驂鸞歸去，不知風露冷瑤京？環佩濕，似月下歸來飛瓊。那更，香霧雲鬟，清輝玉臂，廣寒仙子也堪並。

生唱：〔前腔〕愁聽，吹笛關山，敲砧門巷，月下都是斷腸聲。人去遠，幾見明月虧盈。惟應，邊塞征人，深閨思婦，怪他偏向別離明。

這一例中的「孤影」是以陰平搭下面的上聲字，「愁聽」是以陽平搭下面的去聲字，唱起來都很準確美聽。只有「光瑩」的「光」字，唱起來好像是個陽平的「狂」字，就因為「光」字是以陰平搭去聲的緣故。如果把「光」字改成陽平字，或者把「瑩」字改為上聲字，那就都可唱準了。

例三（引自第三齣〈牛氏規奴〉）：

丑唱：〔祝英臺序〕春晝，只見燕雙飛，蝶引隊，鶯語似求友。那更柳外畫輪，花底雕鞍，都是少年閒遊。難守，孤房清冷無人，也尋一個佳偶。這般說，終身休配鸞儔。

貼唱：〔前腔〕知否？我為何不捲珠簾，獨坐愛清幽？千斛悶懷，百種春愁，難上我的眉頭。休憂，任他春色年年，我的芳心依舊。這文君，可不擔閣了相如琴奏。

丑唱：〔前腔〕今後，方信你澈底澄清，我好沒來由。想像暮雲，分付東風，情到不堪回首。聽剖：你是蕊官瓊苑神仙，不比塵凡相誘。謹隨侍，窗下拈針挑繡。

這一例中的「春晝」，「知否」、「今後」三個短句，上面都是陰平字。但只「知否」唱來好聽；至於「春」字唱出會變成「唇」字，「今」字唱出會變成「禽」字，就是因為它那下面的「晝」、「後」兩字都是去聲，必然要影響它那上面的字調。如果把「春」、「今」都改成陽平字，或者把「晝」、「後」都改成上聲字，那也就會容易唱得準確的。

這個陰平搭上、陽平搭去的法則，是在崑山水磨腔發明之後才確立起來的。至於旋律方面的自然規律，在「高下抑揚、參差相錯」的運用上，每個字調的安排，是該予以仔細斟酌的。

王驥德的這些說法，雖然都屬於南曲方面的唱腔關係問題，而要使所配的歌詞不違反這些自然規律，必定要把四聲陰陽安排得異常恰當，在原則上是詞曲相通的。

萬樹《詞律》就是在崑山腔盛行和明代聲樂理論家沈寵綏（所著《度曲須知》尤多精闢的見解）、王驥德等的影響下，得到不少啟發，從而體會到「高下抑揚、參差相錯」的基本法則，宋詞和南曲是一脈相承，不無二致的，所以他在《詞律·發凡》裡，對四聲字調的安排問題也就有了一些創見。他說：

平止一途，仄兼上、去、入三種，不可遇仄而以三聲概填。蓋一調之中，可概者十之六七，不可概者十之三四，須斟酌而後下字，方得無疵。此其故，當於口中熟吟，自得其理。夫一調有一調之風度聲響。若上去互易，則調不振起，便成落腔。尾句尤為吃緊。如〈永遇樂〉之「尚能飯否」、〈瑞鶴仙〉之「又成瘦損」，「尚」、「又」必仄，「能」、「成」必平，「飯」、「瘦」必去，「否」、「損」必上，如此然後發調。末二字若用平上，或平去，或去去、上上、上去，皆為不合。

萬氏認為，對三仄的處理得服從於每一曲調的風度聲響，這是對的。但說「平止一途」，卻存有詞要「上不類詩、下不類曲」的偏見。平別陰陽，是詞曲一貫的，他把張炎《詞源》的話都忽略了。他所引的〈永遇樂〉是辛棄疾的作品，〈瑞鶴仙〉是史達祖的作品。全文如下：

千古江山，英雄無覓，孫仲謀處。
舞榭歌臺，風流總被，雨打風吹去。
斜陽草樹，尋常巷陌，人道寄奴曾住。
想當年金戈鐵馬，氣吞萬里如虎。

元嘉草草，封狼居胥，贏得倉皇北顧。
四十三年，望中猶記，烽火揚州路。
可堪回首，佛狸祠下，一片神鴉社鼓。
憑誰問，廉頗老矣，尚能飯否？

——《稼軒長短句》卷五〈永遇樂・京口北固亭懷古〉

杏煙嬌濕鬢。
過杜若汀州，楚衣香潤。
回頭翠樓近。
指鴛鴦沙上，暗藏春恨。

歸鞭隱隱，便不念、芳盟未穩。自簫聲吹落雲東，再數故園花信。誰問？聽歌窗罅，倚月鉤闌，舊家輕俊。芳心一寸，相思後、總灰盡。奈春風多事，吹花搖柳，也把幽情喚醒。對南溪桃萼翻紅，又成瘦損。

——《梅溪詞・瑞鶴仙》

單就這兩個曲調的結句四字來說，把它安排為去、平、去、上，「然後發調」，這是就音理上來講，是值得研究的。但這一訣竅，還是要在「高下抑揚、參差相錯」的基本法則上，將緊靠著的上下文予以適當調整，才說得通。絕對不能看得太死。看得太死，就要到處碰壁，動多窒礙。單就萬氏所舉兩調來看，〈永遇樂〉的結句，蘇軾詞二首，一為「也應暗記」是「上平去去」，一為「為余浩歎」是「去平去去」（並見《東坡樂府》卷上）；辛棄疾另外四闋，除「記余戲語」為「去平去上」，和「尚能飯否」相同外，餘如「更邀素月」是「去平去入」，「這回穩步」和「片雲鬥暗」都是「去平上去」；這可能說蘇、辛詞是不大注意音律，也不準備拿給人們去唱，所以有合有不合。至於〈瑞鶴仙〉，數到周邦彥，是絕對協律，可付歌喉，萬無「落腔」的理由的。且看周詞的全闋：

悄郊原帶郭，行路永、客去車塵漠漠。
斜陽映山落，斂餘紅猶戀，孤城闌角。
凌波步弱，過短亭、何用素約？
有流鶯勸我，重解繡鞍，緩引春酌。
不記歸時早暮，上馬誰扶？醒眠朱閣。
驚飆動幕。
扶殘醉，繞紅藥。

歎西園已是花深無地，東風何事又惡？
任流光過卻，猶喜洞天自樂。

——《清真集》卷上

這結句六字「尤喜洞天自樂」是「平上去平去入」，還可說是「又一體」，不能和史詞並論。但《梅溪詞》中另一首〈賦紅梅〉的結句「舊家姊妹」是「去平上去」，《詞律》所載第一體毛幵詞的結句「為誰自緣」（原出《樵隱詞》）是「去平去入」，那將怎樣解釋呢？

因為萬樹在這些地方看得太死，他那一生辛苦經營的《詞律》的可信價值也就被大大貶損了。但他在實際經驗中和崑曲唱腔的重大影響下，能夠領會到平仄四聲所具的不同性質，必須予以適當安排，才能吻合聲腔，不致拗嗓，這一點是對填詞家有很大啟發的。他說：

上聲舒徐和軟，其腔低；去聲激厲勁遠，其腔高；相配用之，方能抑揚有致。大抵兩上兩去，在所當避，而篇中所載古人用字之法，務宜仿而從之，則自能應節，即起周郎聽之，亦當蒙印可也。更有一要訣，曰「名詞轉折跌宕處多用去聲」，何也？三聲之中，上、入二者可以作平，去則獨異。故余嘗竊謂，論聲雖以一平對三仄，論歌則當以去對平、上、入也。當用去者，非去則激不起，用入且不可，斷斷勿用平、上也。

——《詞律・發凡》

他對去聲字的特性特別拈出，確是一個重大的發明。不但按之宋詞名作，十九皆合；直到現代民間流行的北方曲藝和南方評彈，以至揚州評話等，都很重視這去聲字的作用，是值得每一個歌詞工作者特別考究的。所謂「名詞（名家所填的詞）轉折跌宕處多用去聲」，我們把它叫做「領字」或「領格字」，在前幾講中也曾約略提到。這一個字具有領起下文、頂住上文的特等任務，作為長調慢曲轉筋換骨的關紐所在，必須使用激厲勁遠的去聲字，才能擔當得起。有如第四講所舉柳永〈八聲甘州〉中的「對」、「漸」、「望」、「歎」、「誤」等字，第五講所舉周邦彥〈憶舊遊〉中的「記」、「聽」、「漸」、「道」、「歎」、「但」等字，都是全闋的關紐，可以作為最好的範例。

又如姜夔〈眉嫵〉（一名〈百宜嬌・戲張仲遠〉）：

看垂柳連苑，杜若侵沙，愁損未歸眼。
信馬青樓去，重簾下，娉婷人妙飛燕。
翠尊共款，聽豔歌、郎意先感。
便攜手、月池雲階裡，愛良夜微暖。

無限，風流疏散。
有暗藏弓履，偷寄香翰。
明日聞津鼓，湘江上、催人還解春纜。
亂紅萬點，悵斷魂，煙水遙遠。
又爭似相攜，乘一舸，鎮長見。

——《白石道人歌曲》

你看他在「轉折跌宕處」和領格字用的「看」、「聽」、「便」、「愛」、

「悵」、「又」等去聲字是怎樣的發越響亮！還有「信馬」的「去上」，「翠尊共款」和「亂紅萬點」的「去平去上」，「郎意先感」和「良夜微暖」的「平去平上」，「人妙飛燕」和「偷寄香翰」的「平去平去」，「還解春纜」和「煙水遙遠」的「平上平上」，各個具有它的特殊音節，細心體味，是和本闋內容所賦的調侃風趣相稱的。又如他的自度曲〈翠樓吟・淳熙丙午冬，武昌安遠樓成，與劉去非諸友落之，度曲見志〉：

月冷龍沙，塵清虎落，今年漢酺初賜。
新翻胡部曲，聽氈幕元戎歌吹。
層樓高峙。
看檻曲縈紅，簷牙飛翠。
人姝麗，粉香吹下，夜寒風細。
此地，宜有詞仙，擁素雲黃鶴，與君遊戲。
玉梯凝望久，歎芳草萋萋千里。

天涯情味。

仗酒祓清愁，花銷英氣。

西山外，晚來還捲，一簾秋霽。

——《白石道人歌曲》

這一調把去聲字用在轉折跌宕處的，有「看」、「仗」兩字；用在上三下四句式的領首的，有「聽」、「歎」兩字；只一「擁」字是用的上聲。原來在取逆勢的句法中，第一字也有十之八九是適宜於用去聲字，才會感到氣力充沛，音勢勁挺，有如辛棄疾〈摸魚兒〉「更能消幾番風雨」的「更」字，姜夔〈疏影〉「昭君不慣胡沙遠，但暗憶江南江北」的「但」字之類皆是。

我們再看柳永、周邦彥這些深通音律的詞家，是怎樣在「轉折跌宕處」運用去聲字的。柳作如〈卜運算元慢〉：

江楓漸老，汀蕙半凋，滿目敗紅衰翠。

楚客登臨，正是暮秋天氣。

引疏砧、斷續殘陽裡。
對晚景、傷懷念遠，新愁舊恨相繼。
脈脈人千里。
念兩處風情，萬重煙水。
雨歇天高，望斷翠峰十二。
盡無言、誰會憑高意？
縱寫得、離腸萬種，奈歸雲誰寄！

又如〈雨霖鈴〉：

寒蟬淒切，對長亭晚，驟雨初歇。
都門帳飲無緒，留戀處、蘭舟催發。
執手相看淚眼，竟無語凝噎。
念去去、千里煙波，暮靄沉沉楚天闊。

多情自古傷離別，更那堪冷落清秋節！
今宵酒醒何處？楊柳岸、曉風殘月。
此去經年，應是良辰好景虛設。
便縱有千種風情，更與何人說？

——以上並見《樂章集》卷中

這〈卜運算元慢〉的「對」、「念」、「縱」、「奈」等字，〈雨霖鈴〉中的「對」、「竟」、「念」、「更」、「便」等字，都是去聲，在轉接提頓處都發揮著重大的作用，加強了聲情上的感染力。只要耐心往復吟詠，就會體會到的。

周邦彥工於創調，對音律方面是十分考究的。王國維曾說他的詞，「拗怒之中，自饒和婉，曼聲促節，繁會相宣，清濁抑揚，轆轤交往。」（〈清真先生遺事〉）從音律上來看，他對四聲字調的安排，確是能夠符合「高下抑揚、參差相錯」的基本法則，而掌握得非常熟練的。且看他的〈齊天樂・秋思〉：

綠蕪凋盡臺城路，殊鄉又逢秋晚。
暮雨生寒，鳴蛩勸織，深閣時聞裁剪。
雲窗靜掩。
歎重拂羅裀，頓疏花簟。
尚有綀囊，露螢清夜照書卷。

荊江留滯最久，故人相望處，離思何限？
渭水西風，長安亂葉，空憶詩情宛轉。
憑高眺遠。
正玉液新芻，蟹螯初薦。
醉倒山翁，但愁斜照斂。

——《清真集》卷下

在這一闋中所用的去聲字，發揮著多種作用。除掉用在轉折處的「歎」、「正」兩字具有一般承上領下的負重力外，還有「平平仄平平仄」有如「殊鄉又逢秋晚」，

「仄平平仄仄平仄」有如「露螢清夜照書卷」，「平仄平仄」有如「離思何恨」等特殊句式，他掌握了去聲字「激厲勁遠」的特性，在適當的句子中間安排上「又」、「露」、「夜」、「照」、「卷」、「思」、「限」等許多去聲字，增強了聲情上的激越感；又如「靜掩」、「渭水」、「眺遠」、「照斂」等去上聯綴，也是十分符合南詞（即「南曲」、「南戲」）歌唱行腔時的自然規律的。近人吳梅在他所著的《詞學通論》中，就曾提到〈齊天樂〉有四處必須用去上聲，並舉「雲窗靜掩」、「露螢清夜照書卷」、「憑高眺遠」、「但愁斜照斂」四句為例，說「靜掩」、「眺遠」、「照斂」等六字「萬不可用他聲」（第二章〈論平仄四聲〉）。但他卻忽略了「渭水」二字也是「去上」，而把另一種運用去聲字法的「露螢清夜照書卷」七言句放了上去，這是值得商榷的。

《清真集》中運用去聲字特見精彩的，幾乎觸目皆是。平韻體有如〈慶春宮〉：

雲接平岡，山圍寒野，路回漸轉孤城。

衰柳啼鴉，驚風驅雁，動人一片秋聲。

倦途休駕，淡煙裡、微茫見星。
塵埃憔悴，生怕黃昏，離思牽縈。
華堂舊日逢迎，花豔參差，香霧飄零。
弦管當頭，偏憐嬌鳳，夜深簧暖笙清。
眼波傳意，恨密約、匆匆未成。
許多煩勞，只為當時，一晌留情。

仄韻體有如〈大酺〉：

對宿煙收，春禽靜，飛雨時鳴高屋。
牆頭青玉旆，洗鉛霜都盡，嫩梢相觸。
潤逼琴絲，寒侵枕障，蟲網吹黏簾竹。
郵亭無人處，聽簷聲不斷，困眠初熟。
奈愁極頻驚，夢輕難記，自憐幽獨。

行人歸意速，最先念、流潦妨車轂。
無奈向、蘭成憔悴，樂廣清羸，等閒時、易傷心目。
未怪平陽客，雙淚落、笛中哀曲。
況蕭索青蕪國，紅糝鋪地，門外荊桃如菽。
夜遊共誰秉燭？

又如〈繞佛閣〉：

暗塵四斂，樓觀回出，高映孤館。
清漏將短，厭聞夜久簽聲動書幔。
桂華又滿，閒步露草，偏愛幽遠。
花氣清婉。
望中迤邐城陰度河岸。
倦客最蕭索，醉倚斜橋穿柳線。

還似汴堤虹梁橫水面，看浪颭春燈，舟下如箭。
此行重見。
歎故友難逢，羈思空亂，兩眉愁、向誰舒展？

——以上並見《清真集》卷下

這三個長調中，在領格和轉折跌宕處用去聲字的，〈大酺〉一調有「對」、「聽」、「奈」、「況」等，〈繞佛閣〉一調有「看」、「歎」等字。在上三下四的特殊句式中把去聲字用在句首或中腰第四、第六字的，〈慶春宮〉一調有「淡煙裡微茫見星」的「淡」和「見」，「恨密約匆匆未成」的「恨」和「未」；而這「見」和「未」都夾在三平的中間，尤關重要。這「平平仄平」的仄聲，如果不用去聲字，是很難振起的。〈大酺〉一調有「等閒時易傷心目」的「易」字，〈繞佛閣〉一調有「兩眉愁向誰舒展」的「向」字。這兩個去聲字就好像七言句中的眼珠子，非把它突出，是難以傳神的。辛棄疾作的〈水龍吟・登建康賞心亭〉結尾是「倩何人喚取，紅巾翠袖，搵英雄淚。」這「搵」字的性質也和「易」、「向」二字相同，而且和領格的「倩」字是互相呼應的。在連用兩仄處，使用「上去」的，有如〈慶春宮〉「只為當時」的「只為」，〈大酺〉「寒侵枕障」的「枕障」，〈繞佛閣〉「醉倚斜橋穿柳線」的「柳線」和「還似汴堤虹梁橫水面」的「水面」等；使用「去上」的，有如〈慶春宮〉「路回漸轉孤城」的「漸轉」，〈繞佛閣〉「厭聞夜久簽聲動書幔」的「夜久」，「桂華又滿」的「又滿」，「閒步露草」的「露草」，「醉倚斜橋穿柳線」的「醉倚」，「看浪颭春燈」的「浪颭」，「歎故友難逢」的「故友」等。這「上去」或「去上」的連用，都是和轉腔發調有關的。

至於清真創調，對三仄的安排，多是煞費苦心的。單就〈繞佛閣〉一調來看，如「暗塵四斂」的「去平去上」，「樓觀迥出」的「平去去入」，「高映孤館」的「平去平上」，「清漏將短」的「平去平上」，「厭聞夜久簽聲動書幔」的「去平去上平平去平去」，「桂華又滿」的「去平去上」，「閒步露草」的「平去去上」，「偏愛幽遠」的「平去平上」，「花氣清婉」的「平去平上」，「望中迤邐城陰度河岸」的「去平上去平平去平去」，「倦客最蕭索」的「去入去平入」，「醉倚斜橋穿柳線」的「去上平平平上去」，「還似汴堤虹梁橫水面」的「平上去平平平平上去」，「看浪颭春燈」的「去去上平平」，「舟下如箭」的「平上平去」，「此行重見」的「上平平去」，「歎故友難逢」的「去去上平平」，「羈思空亂」的「平去平去」，「兩眉愁向誰舒展」的「上平平去平平上」，在每個上下相連的字調中，確實做到了「高下抑揚、參差相錯」的適當處理，也就是王國維所稱：「拗怒之中，自饒和婉，曼聲促節，繁會相宣，清濁抑揚，轆轤交往」的境地，是值得探索宋元詞曲的音樂性的人們予以細心體味的。

談到短調小令，也有不少地方是得特別注意三仄的適當的安排，尤其是去聲字的處理。例如〈柳梢青〉：

岸草平沙，吳王故苑，柳嫋煙斜。
雨後寒輕，風前香軟，春在梨花。
行人一棹天涯，酒醒處、殘陽亂鴉。
門外秋千，牆頭紅粉，深院誰家？

——《花草粹編》卷四秦少游作

又如〈醉太平〉：

情高意真，眉長鬢青。
小樓明月調箏，寫春風數聲。
思君憶君，魂牽夢縈。
翠綃香暖銀屏，更那堪酒醒！

——劉過《龍洲詞》

又如〈太常引〉：

一輪秋影轉金波，飛鏡又重磨。
把酒問姮娥：被白髮欺人奈何？
乘風好去，長空萬里，直下看山河。
斫去桂婆娑，人道是清光更多。

——《稼軒長短句》卷十二〈建康中秋夜，為呂叔潛賦〉

仙機似欲織纖羅，彷彿度金梭。
無奈玉纖何。
卻彈作、清商恨多。
珠簾影裡，如花半面，絕勝隔簾歌。
世路苦風波。
且痛飲、公無渡河。

——《稼軒長短句》卷十二〈賦十四弦〉

像上面這三調中，凡四字相連作「平平仄平」的句子，其第三字都該用去聲字，才能將音調激起。例如「殘陽亂鴉」的「亂」，「情高意真」的「意」，「眉長鬢青」的「鬢」，「春風數聲」的「數」，「思君憶君」的「憶」，「魂牽夢縈」的「夢」，「欺人奈何」的「奈」，「清光更多」的「更」，「清商恨多」的「恨」，「公無渡河」的「渡」，都是把這個去聲字當作「畫龍點睛」來使用的。只劉過「更那堪酒醒」的「酒」字錯用了上聲，音響就差多了。

總之，四聲陰陽的適當處理，是為了歌者利於轉喉，聽者感到悅耳，才使作者刻意經營，不惜忍受種種嚴格限制，而竭盡心力以赴之。至於如何審音赴節，宜在一闋寫成之後，往復吟玩，是否不致棘喉，不致刺耳，同時對前人名作，平時多多含咀，對這裡面的巧妙作用，是會一旦豁然貫通的。

第九講　論比興

談到我國古典詩詞的藝術手法，除了特別措意於音律的和諧，做到「韻協則言順，言順則聲易入」的地步，也就是要使詩歌的語言藝術必得富有音樂性之外，它的表現形式，總不出乎賦、比、興三種，而比、興二者尤為重要。關於比興的意義，劉勰既著有專篇（《文心雕龍》卷八〈比興〉第三十六），又在〈明詩〉篇中說到：「人稟七情，應物斯感，感物吟志，莫非自然。」在〈辨騷〉篇中說到：「虯龍以喻君子，雲蜺以譬讒邪，比興之義也。」我國古代詩人，總是把「風」、「騷」作為學習的最高標準。張惠言在他的《詞選》序上，首先就提到這一點。他說：

詞者，蓋出於唐之詩人，採樂府之音以制新律，因繫其詞，故曰詞。傳曰：「意內而言外謂之詞」。其緣情造端，興於微言，以相感動，極命風謠里巷男女哀樂，以道賢人君子幽約怨悱不能自言之情，低徊要眇以喻其致，蓋詩之比興，變風之義，騷人之歌，則近之矣。

這一段話，雖然是以說「經」的標準，有意抬高「曲子詞」在文學發展史中的地位，也就是前人所謂「尊體」，不免有些牽強附會的說法，但一般富有想像內容的作品，都得「同祖風騷」（借用沈約《宋書》卷六十七〈謝靈運傳論〉中語），措意比興，這看法還是比較正確的。

唐孔穎達在解釋「詩有六義」時說：「賦、比、興是詩之所用，風、雅、頌是詩之成形，用彼三事，成此三事，是故同稱為義。」他又引漢儒鄭玄的話而加以引申：「比者，比方於物，諸言如者皆比辭也。興者，托事於物，則興者起也，取譬引類，起發己心，詩文諸舉草木鳥獸以見意者皆興辭也。」（《毛詩・國風・周南》疏）這說明賦、比、興都是作詩的手法，但「比顯而興隱」，所以運用的方式略有不同，要不外乎情景交融、意在言外，它的作用是要從骨子裡面去體會的。

用比興來談詞，就是要有「言在此而意在彼」的內蘊，也就是前人所謂要有「寄託」。《樂記》談到音樂的由來，就是這樣說的：「凡音之起，由人心生也。

人心之動，物使之然也。感於物而動，故形於聲。」人們的感情波動，是由於外境的刺激而起，這也就是比興手法在詩歌語言藝術上佔著首要地位的基本原因。劉熙載在他著的《詩概》中說：「『昔我往矣，楊柳依依。今我來思，雨雪霏霏。』（《詩經・小雅・鹿鳴之什・采薇》）雅人深致，正在借景言情。」（《藝概》卷二）這「借景言情」的手法，正是古典詩詞怎樣運用語言藝術的關鍵所在，也就是比興手法的基本精神。他又在〈詞曲概〉中說：「詞深於興，則覺事異而情同，事淺而情深。故沒要緊語正是極要緊語，亂道語正是極不亂道語，固知『吹皺一池春水，干卿何事？』原是戲言。」（《藝概》卷四）觸景生情，就得很巧妙地運用比興手法，把「沒要緊語」轉化為「極要緊語」，而使作者內蘊的深厚情感，成為「言有盡而意無窮」的弦外之音。譬如我在第五講中所舉辛棄疾那闋〈清平樂・獨宿博山王氏庵〉，它的上半闋「繞床饑鼠，蝙蝠翻燈舞，屋上松風吹急雨，破紙窗間自語。」所描繪的全是外境，而一種憂國憂讒、致慨於奸邪得志、志士失職的沉痛心情，自然流露於字裡行間，表面上卻只是一些表現荒山茅屋夜景淒涼的「沒緊要語」而已。又如第七講中所舉李璟的〈攤破浣溪沙〉「菡萏香銷翠葉殘，西風愁起綠波間」，近人王國維以為「大有眾芳蕪穢、美人遲暮之感」（《人間詞話》卷上），也只是善於運用比興手法，淡淡著筆，寓情於景，而讀之使人黯然神傷，嫋嫋餘音不斷縈繞於靈魂深處，這境界是十分超絕的。又如辛棄疾的〈摸魚兒〉，以「畫簷蛛網」喻群小得志，粉飾太平，使南宋半壁江山陷於苟延殘喘的頹勢；以「玉環飛燕」喻一時得寵的小人，最後亦只有同歸於盡，而「斜陽煙柳」無限感傷，也只是用尋常景語烘托出來。這一切都是合於張惠言所稱「詩之比興變風之義」的。

比興手法，總不外乎情和景，外景和內心的恰相融會，或後先激射，或神光離合，要以言近旨遠、含蘊無盡為最富於感染力。即以蘇、辛一派而論，運用這比興手法以表達他那「幽約怨悱不能自言之情，低徊要眇以喻其致」的，亦幾乎觸目皆是。例如蘇軾〈卜運算元・黃州定慧院寓居作〉：

缺月掛疏桐，漏斷人初靜。
誰見幽人獨往來？縹緲孤鴻影。
驚起卻回頭，有恨無人省。

揀盡寒枝不肯棲，寂寞沙洲冷。

——《彊邨遺書》本《東坡樂府》卷二

他所描寫的，表面上只是夜靜更闌、一片荒涼景象。乍吟也只感到一些「沒關緊要語」。但把整個結構聯繫起來，仔細體會一下它所包含的情致：為什麼會全神注視著那殘缺月輪斜掛在那疏疏落落的梧桐枝上？為什麼會感到「寂寞沙洲」上的「縹緲孤鴻」，像是「幽人」在躑躅「往來」，「揀盡寒枝不肯棲」呢？為什麼這「縹緲孤鴻」又要「驚起卻回頭」，好像是「有恨無人省」呢？我們只要把它反復多讀幾遍，就會逐步深入，體會到這首詞的豐富內容是只能「低徊要眇以喻其致」，而有其不能直說的難言之痛的。蘇軾是一個關心政治的文人。他在作徐州太守時，就曾為人民做了一些好事；而這時他的處境，正因「烏臺詩案」而被貶謫為黃州團練副使，一舉一動都要受到監視，當然談不到什麼言論自由。他這時的憂讒畏譏而又不肯屈志徇俗，又感到像屈原一樣的「繫心君國，不忘欲返」的矛盾心理，是難以自制而又無從聲訴的，也就只能托物寓興，藉以稍抒其抑塞不平之氣而已。所以張惠言說：「此詞與〈考槃〉詩（《詩經・衛風・考槃》毛傳：「刺莊公也。不能繼先公之業，使賢者退而窮處。」）極相似」，是不為無因的。黃庭堅讚美這首詞，說是：「語意高妙，似非吃煙火食人語，非胸中有數萬卷書，筆下無一點塵俗氣，孰能至此？」（《苕溪漁隱叢話》前集卷三十九）也還是有所避忌，不敢明言其內蘊的。

我們再看蘇軾的〈水龍吟・次韻章質夫楊花詞〉：

似花還似非花，也無人惜從教墜。
拋家傍路，思量卻是，無情有思。
縈損柔腸，困酣嬌眼，欲開還閉。
夢隨風萬里，尋郎去處，又還被，鶯呼起。
不恨此花飛盡，恨西園、落紅難綴。
曉來雨過，遺蹤何在？一池萍碎。
春色三分，二分塵土，一分流水。

細看來、不是楊花，點點是離人淚。

——《東坡樂府》卷二

這詞一開始就寫上「似花還似非花」六字，表明他的作意，是有所托興的。所以劉熙載說：「此句可作全詞評語，蓋不離不即也。」（《藝概》卷四〈詞曲概〉）接著就致慨於號稱薄命的楊花，是素來不被人們重視，而一任狂風飄蕩，毫無憐憫之情的。可是這輕盈弱質，似乎也很理解人世種種悲歡，不以自身的微薄而甘心輕擲韶華、湮埋塵土，儘管人們把它拋棄路旁，而顧影自憐，仍然是留戀著大好春光，不肯輕易地飄然而去。「無情」從「也無人惜」推進，「有思」從「還似非花」逗出。是花？是人？迷離惝恍，這叫做空靈之筆，用以曲達勞人思婦乃至「賢人君子幽約怨悱不能自言之情」，是《詩》、《騷》以來的傳統手法，作者很巧妙地把來用在詠物詞上，所謂「不即不離」，若有意，若無意，是教人難以捉摸的。「縈損」以下三句十二字，是從柔枝嫩葉中飄出柳絮，風攪成團，從而攝取遠神，好像它正在用盡全力，要把將去的春光沒命地遮攔住它的去路，但一剎那間，又被風力揚開了，一陣狂飄，又好像在拼命追尋它那「意中人」的去處，情調是緊張迫使的。「鶯呼」六字，借用唐人詩「打起黃鶯兒，莫教枝上啼，啼時驚妾夢，不得到遼西」的語意，「巧舌如簧」的黃鶯兒，是不會憐惜「薄命佳人」的懇摯心情而予以方便的。作者是一個口直心快而富有政治熱情的文人，經過黃州遷謫之後，感到宦途風波的險惡，而又不能忘懷於得君濟世，這弦外之音，不是虛無縹緲，了無著落的。過片兩句，點出薄命楊花隨風飄盡，原亦不足深惜；可是隨著「此花」的「飛盡」而墮地的「落紅」也更沒法把她重綴枝頭，留住春光，坐使大好時機迅即消逝，那就難免「閒愁萬種」都上心來。宵來一雨，連影兒都不存在，一化浮萍，無根可托，那就什麼都談不上了。「春色三分」全隨「塵土」和「流水」以俱去。結筆「畫龍點睛」（借用鄭文焯語），逗出題旨，並與發端邀相呼應。這裡面有人，呼之欲出，絕非無病呻吟，是可斷言的。

陳廷焯把「沉鬱」二字作為填詞藝術的最好境界，並予以說明：「所謂沉鬱者，意在筆先，神餘言外，寫怨夫思婦之懷，寓孽子孤臣之感。凡交情之冷淡，身世之飄零，皆可於一草一木發之。而發之又必若隱若見，欲露不露，反復纏綿，終不許一語道破，匪獨體格之高，亦見性情之厚。」（《白雨齋詞話》卷一）他說了這一大段話，卻不理解這「意在筆先，神餘言外」的境界，都得先從深入體驗生活，具有正確的思想和政治熱情出發，然後運用我們民族傳統的語言藝術，也就是比興手法表達出來。不但是「交情之冷淡，身世之飄零，皆可於一草一木發之」，就是解放全人類的大同思想和一切偉大光明的政治報負以及堅貞不拔的深厚感情，也都適用這比興手法，才能滲入心靈深處，使人們如飲醇酒，如聆妙曲，被其薰染陶醉，潛移默化而不自知。不過在長期的不合理的封建社會制度下，類多失職不平的志士和備受壓迫的勞動人民，常是托意於草木鳥獸以寄其「怨悱不能自言之情」，並非這比興手法，只限於「沉鬱」的一境而已。

北宋詞人如賀鑄，有一部分作品是接近蘇軾而下開辛棄疾的豪邁之風的。他嘗說學詩於前輩，有了八句心得，是：「平澹不流於淺俗，奇古不鄰於怪僻，題詩不窘於物象，敘事不病於聲律，比興深者通物理，用事工者如己出，格見於成篇渾然不可鐫，氣出於言外浩然不可屈。」（《苕溪漁隱叢話》前集卷三十七引《王直方詩話》）這裡面最主要的要算第五和第八兩句。一個詩詞作者，如果不能巧妙地掌握比興手法而又有「浩然不可屈」之氣，是不會有很大成就的。且看他用〈踏莎行〉改寫的〈芳心苦〉：

楊柳回塘，鴛鴦別浦，綠萍漲斷蓮舟路。
斷無蜂蝶慕幽香，紅衣脫盡芳心苦。
返照迎潮，行雲帶雨，依依似與騷人語：
當年不肯嫁春風，無端卻被秋風誤！

——《彊邨遺書》本《東山詞》卷二

他所刻意描畫的，表面是荷花，而使人感到「騷情雅意，哀怨無端，讀者亦不自知何以心醉，何以淚墮？」（《白雨齋詞話》卷一）。又如他的〈眼兒媚〉：

蕭蕭江上荻花秋，做弄許多愁。
半竿落日，兩行新雁，一葉扁舟。
惜分長怕郎先去，直待醉時休。
今宵眼底，明朝心上，後日眉頭。

——《彊邨遺書》本《東山詞補》

也只是觸物起興，淡淡著墨，寓情於景，自然使讀者有黯然銷魂之致。這和《詩經・秦風・蒹葭》是用的同一手法。

和賀鑄用同一手法，借物喻人，以自抒其身世之感的，還有陸游的〈卜運算元・詠梅〉：

驛外斷橋邊，寂寞開無主。
已是黃昏獨自愁，更著風和雨。
無意苦爭春，一任群芳妒。
零落成泥碾作塵，只有香如故。

——《宋六十家詞》本《放翁詞》

上片借梅花的冷落淒涼，以發抒忠貞之士不特橫遭遺棄，兼受摧殘的悲憤心情；下片表明個人無意爭權奪利，只有長保高潔，也就是屈原《離騷》所謂「寧溘死而流亡兮，予不忍為此態也」的意思。「比顯而興隱」，這是較易看得出來的。

至於姜夔的〈小重山令・賦潭州紅梅〉：

人繞湘皋月墜時，斜橫花樹小，浸愁漪。
一春幽事有誰知？
東風冷，香遠茜裙歸。
鷗去昔遊非。
遙憐花可可，夢依依。
九疑雲杳斷魂啼，相思血，都沁綠筠枝。

——《白石道人歌曲》

他所刻意描繪的是虛擬的「梅魂」，又托意湘妃，以寓個人漂泊無歸的無窮悲慨。「湘皋月墜」，正是「湘靈鼓瑟」之時。一落筆便有屈子行吟、憔悴江潭之感。宵深月落，為何步繞湘皋？七字宛然蘇詞「誰見幽人獨往來？縹緲孤鴻影」的意味；也和姜作〈疏影〉「想佩環月夜歸來，化作此花幽獨」，用同一手法攝取

「梅魂」。是人是神？迷離惝恍。承以「斜橫花樹小，浸愁漪」八字，暗用林逋「疏影橫斜水清淺」的詩意，藉以點題。接著「一春幽事有誰知」七字，宕開一筆，追攝遠神。緊跟「東風冷，香遠茜裙歸」八字收繳上片，點出這是「紅梅」。她那「冷豔欺雪」的精神，是值得騷人讚美的。過片以「鷗去昔遊歸」五字映出「人間萬感幽單」的悲涼情緒。「遙憐花可可，夢依依」，又從「梅魂」眼裡細認真身，相憐倩影。「可可」百無聊賴之意，和柳永〈定風波〉「芳心是事可可」，並用宋代方言。「九疑雲杳斷魂啼」，點出主題思想。這個曳著茜裙月夜歸來的林下美人，該不是別的什麼，而是流落湘濱的虞舜二妃。舜南巡，崩於蒼梧之野，葬於九疑之山。哀此貞魂，悵對「九疑雲杳」，「如怨如慕，如泣如訴」，「天涯淪落」，是異代同悲的。結以「相思血，都沁綠筠枝」，又用《博物志》「舜崩，二妃啼，以涕揮竹，竹盡斑」的民間傳說故事以相襯托，繳足題旨。這種比興手法較為隱晦，意味卻是深長的。

我們再來探索一下姜夔那兩闋號稱「千古詞人詠梅絕調」（鄭文焯手批《白石道人歌曲》）的〈暗香〉、〈疏影〉，看看他是怎樣運用比興手法的。

舊時月色，算幾番照我，梅邊吹笛？
喚起玉人，不管清寒與攀摘。
何遜而今漸老，都忘卻春風詞筆。
但怪得竹外疏花，香冷入瑤席。

江國，正寂寂。
歎寄與路遙，夜雪初積。
翠尊易泣，紅萼無言耿相憶。
長記曾攜手處，千樹壓西湖寒碧。
又片片吹盡也，幾時見得？

苔枝綴玉，有翠禽小小，枝上同宿。
客裡相逢，籬角黃昏，無言自倚修竹。
昭君不慣胡沙遠，但暗憶、江南江北。

——《白石道人歌曲‧暗香》

想佩環、月夜歸來，化作此花幽獨。
猶記深宮舊事，那人正睡裡，飛近蛾綠。
莫似春風，不管盈盈，早與安排金屋。
還教一片隨波去，又卻怨、玉龍哀曲。
等恁時、重覓幽香，已入小窗橫幅。

——《白石道人歌曲‧疏影》

我們要瞭解這兩首詞的比興所在，必得約略瞭解他所處的時代和他所常往還的朋友是些什麼人物。他在他所寫的「自敘」裡提到：「參政范公（成大）以為翰墨人品皆似晉、宋之雅士。待制楊公（萬里）以為於文無所不工，甚似陸天隨（龜蒙）。於是為忘年交。」又說：「稼軒辛公（棄疾）深服其長短句。」賞識他的才藝的名流是很多的。他慨歎著說：「嗟乎！四海之內，知己者不為少矣，而未能有振之與窶困無聊之地者。」（周密《齊東野語》卷十二引）他鬱鬱不得志，連個人的生活都得依靠親友們的幫助。「士為知己者死」，是我國長期封建社會制度下知識份子的常情。據夏承燾考定，這兩首詞作於西元一一九一年（光宗紹熙二年辛亥）由合肥南歸，寄住蘇州范成大的石湖別業時。距離他寫〈揚州慢〉（孝宗淳熙三年丙申，西元一一七六年），雖已有了十五年之久，而他在〈揚州慢〉和〈淒涼犯〉詞中所描繪的金兵進犯後江北一帶的荒涼景象，該是不會輕易忘懷的。在他的朋友中，如上面所舉范成大、楊萬里、辛棄疾等，又都是具有愛國思想的人，他雖落拓江湖，又怎能不「繫心君國」，慨然有用世之志？他寫〈暗香〉、〈疏影〉時，據夏承燾說，年齡還只三十七歲，正是才人志士還可以發憤有為的時候。由於這些情況，他對范成大是該存有汲引上進的幻想的。張惠言說：「時石湖（范成大）蓋有隱遁之志，故作此二詞以沮之。」又說：「首章言己嘗有用世之志，今老無能，但望之石湖也。」他又在〈疏影〉下注云：「此章更以二帝之奮發之，故有昭君之句。」（並見《詞選》）夏承燾說：「石湖此時六十六歲，已宦成身退，白石實年少於石湖二十餘歲，張說誤。」（夏著《姜白石詞編年箋校》卷三）而鄧廷楨著《雙硯齋詞話》評說此詞「乃為北庭後宮言之」。

我們試把張惠言、鄧廷楨、鄭文焯、夏承燾諸人的說法參互比較一下。我覺得〈暗香〉「言己嘗有用世之志」，這一點是對的。但「望之石湖」，卻不是為了自己的「今老無能」，而是希望范能愛惜人才，設法加以引薦。所以他一開始就致感於過去范氏對他的一些照護。「何遜」二句，不是真個說的自己老了，而是致慨於久經淪落，生怕才華衰退，不能再有作為，是自謙也是自傷的話頭。「竹外疏花」，仍得將「冷香」襲入「瑤席」，是說自己的憔悴形骸，還有接近有力援引者的機會，又不免激起聯翩浮想，寄希望於石湖。過片再致慨於士氣消沉，人才寥落，造成南宋半壁江山的頹勢。「寄與」二句是借用陸凱寄范曄「江南無所有，聊贈一枝春」的詩意，個人想要一抒忠悃，犯寒生「春」，爭奈雨雪載途，微情難達。「翠尊」二句亦感於石湖業經退隱，未必更有汲引的可能，亦惟有相對無言，黯然留作永念而已。「長記」二語，可能在范得居權要時有過邀集群賢暗圖大舉的私議。「西湖」是南宋首都所在，這一句是有些「漏泄春光」的。曾幾何時？「又片片吹盡也」！後緣難再，亦只有飲泣吞聲而已！

至於〈疏影〉一闋，為「傷心二帝蒙塵，諸后妃相從北轅，淪落胡地」（鄭文焯語）而發，我認為是無可懷疑的。發端「苔枝綴玉」點出古梅（紹興、吳興一帶的古梅，有苔須垂於枝間，見范成大〈梅譜〉），以暗示這類梅花不是尋常品種。承以「翠禽」二句，暗用東坡〈西江月．梅花〉詞：「玉骨那愁瘴霧，冰姿自有仙風。海仙時遣探芳叢，倒掛綠毛么鳳」的語意，反映妃嬪流落，還有誰像枝上珍禽，可以「遣探芳叢」的呢？「客裡」以下十四字，把林逋詠梅名句「疏影橫斜水清淺，暗香浮動月黃昏」和「雪後園林才半樹，水邊籬落忽橫枝」，予以重新組織，再參杜甫「天寒翠袖薄，日暮倚修竹」詩意，襯出貞姿摧抑、憔悴自傷的無窮悲慨。「昭君」二句標明題旨，把格局宕開，緊接「佩環」二句，點出詞人發詠，不僅僅是為了「玉骨」、「冰姿」的「風流高格調」而致以惋惜而已。過片運用宋武帝女壽陽公主梅花妝額故事以托興「金枝玉葉」的同被摧殘，舊時的蛾眉曼睩，嬌態豔妝，都是不堪回首的了。「莫似春風」三句，又復致慨於「前車之覆」，悲劇豈容重演？「早與安排金屋」是「未雨綢繆」的意思。如果「還教一片隨波去」，「又卻怨」那吹落梅花的「玉龍哀曲」，悔之不迭，可是還有什麼用處呢？行文到此，逼出「等恁時（那時）重覓幽香，已入小窗橫幅」的結局，那就一切都化為塵影，徒供後人的憑弔而已。懲前事以資警惕，也只有范成大能理解姜夔的心事。石湖也老了，凜宗國的顛危，憫才人的落拓，拿什麼來安慰這才品兼優的壯年雅士呢？贈以青衣小紅（見《硯北雜誌》卷下），亦聊以紓汝抑塞磊落的無聊之思。倘如辛棄疾所謂「倩何人喚取，紅巾翠袖，搵英雄淚」者，石湖固深喻白石的微旨歟？

姜夔運用這種哀怨無端的比興手法，乍看雖似過於隱晦，而細加探索，自有它的脈絡可尋。如果單拿浮光掠影的眼光來否定前賢的名作，是難免要「厚誣古人」的。

和辛棄疾同時而自詡他的詞為「平生經濟之懷，略已陳矣」的陳亮，有的作品也是運用比興手法來寫的。例如〈水龍吟・春恨〉：

鬧花深處層樓，畫簾半捲東風軟。
春歸翠陌，平莎茸嫩，垂楊金淺。
遲日催花，淡雲閣雨，輕寒輕暖。
恨芳菲世界，遊人未賞，都付與，鶯和燕。

寂寞憑高念遠，向南樓一聲歸雁。
金釵鬥草，青絲勒馬，風流雲散。
羅綬分香，翠綃封淚，幾多幽怨？
正銷魂又是，疏煙淡月，子規聲斷。

——夏承燾《龍川詞校箋》下卷

這表面所描畫的，也只是一些惜別傷春的「沒要緊語」，而劉熙載卻拈出「恨芳菲世界」以下十五字，以為「言近旨遠，直有宗留守（澤）大呼渡河之意。」（《藝概》卷四〈詞曲概〉）這是要從他所運用的比興手法上去仔細體會的。關於辛棄疾的作品，我們在上面也說得不少了。這裡再舉一首〈漢宮春・立春日〉：

春已歸來，看美人頭上，嫋嫋春幡。
無端風雨，未肯收盡餘寒。
年時燕子，料今宵、夢到西園。
渾未辦、黃柑薦酒，更傳青韭堆盤。
卻笑東風從此，便薰梅染柳，更沒些閒。
閒時又來鏡裡，轉變朱顏。
清愁不斷，問何人、會解連環？

生怕見、花開花落，朝來塞雁先還。

——《稼軒長短句》卷六

周濟指出：「『春幡』九字，情景已極不堪。燕子猶記年時好夢，『黃柑』、『青韭』，極寫燕安鴆毒。換頭又提起黨禍，結用『雁』與『燕』激射，卻捎帶五國城舊恨。辛詞之怨，未有甚於此者。」（《宋四家詞選》）其實也只是善於運用比興手法，不覺感時撫事，激成冷冷弦外之音，使讀者摸去有棱，一切遂皆不同泛設。把周濟的話說得更明白些，一開首就是指斥那批奸佞之徒，聽到和議告成，就個個自鳴得意，打扮得妖妖俏俏的，一味迷惑視聽，可惜的是，敵人是貪得無厭的，得寸進尺，還會使你不能安枕。「年時燕子」二句，包括徽、欽二帝和一切淪陷區的老百姓在內，也是陸游詩所謂「遺民淚盡胡塵裡，南望王師又一年」的意思。「黃柑」二句借用民間立春的事，暗指南渡君臣荒於酒食，不肯想到「餘寒」的可怕。過片「卻笑東風從此」三句，極寫那批小人怎樣忙著粉飾太平，熒惑上聽。「閒時」以下十字，寫他們沒得正經事可幹時，又只用盡心機來陷害忠良，催逼得仁人志士們「白髮橫生，惟憂用老」。「清愁」兩句，可和〈祝英臺近〉的「是他春帶愁來，春歸何處，卻不解帶將愁去」參互體察。結筆「塞雁先還」，正和開端「嫋嫋春幡」邀相激射。喪心病狂之輩，對敵國外患熟視無睹，彼且為之奈何哉！我常說，「憂國」、「憂讒」四字貫穿於整個《稼軒長短句》的代表作中，應該從這些善於運用比興手法上去體會。

至於宋季諸家，如周密、王沂孫、張炎等許多詠物詞，更是托意幽隱，不同無病呻吟之作。只是用典過多，不易領會，兼屬亡國哀思之音，讀之使人淒黯，這裡就不更瑣述了。

總之，比興手法是我國詩歌傳統藝術的最高標準。善於掌握它，是可以發揮最大的感染力，而使讀者潛移默化的。

第十講　論欣賞和創作

欣賞和創作有著不可分割的關係。我們對任何藝術，想要得到較深的體會和理解，從而學習作者的表現手法，進一步做到推陳出新，首先必得鑽了進去，逐一瞭解它的所有竅門，才能發現問題，取得經驗，澈底明白它的利病所在。熟則生巧，自然從追琢中來。前人所謂先貴能入，後貴能出，一切繼承和創作的關係都是如此。詞為倚聲之學，要掌握它的特殊規律，創作適宜於配合曲調的歌詞，更非得深入鑽研，並予以實踐，是很難談到真正的欣賞，也就不能對創作上有多大的幫助。

「奇文共欣賞，疑義相與析」。這是晉代傑出詩人陶潛告訴我們的經驗之談。我們要想欣賞「奇文」，就得首先發現問題，分析問題，才能澈底理解它的「奇」在哪裡，從而取得賞心悅目「欣然忘食」的精神享受。孟軻曾以「以意逆志」說詩，他所說的「志」也就是現在一般所說的思想感情。正確的思想和真摯的感情是要靠巧妙的語言藝術表現出來的。把讀者的思想感情去推測作者的思想感情，從而得到感染，取得精神上的享受，是要通過語言藝術的媒介才能做到的。我們在前面已經談過，詞是最富於音樂性的文學形式，而這種特殊形式之美，得就「色」、「香」、「味」三方面去領會。正如劉熙載所說：

> 詞之為物，色、香、味宜無所不具。以色論之，有借色、有真色。借色每為俗情所豔，不知必先將借色洗盡而後真色見也。
>
> ——《藝概》卷四〈詞曲概〉

王國維也有所謂「生香真色」的說法（見《人間詞話》卷下）。劉氏又稱：

> 司空表聖（圖）云：「梅止於酸，鹽止於鹹，而美在酸鹹之外。」嚴滄浪云：「妙處透徹玲瓏，不可湊泊，如水中之月，鏡中之像。」此皆論詩也，詞亦以得此境為超詣。
>
> ——《藝概》卷四〈詞曲概〉

像這類「水中之月，鏡中之像」和「美在酸鹹之外」的詞境，以及所謂「色」、「香」、「味」等等，是不可捉摸的東西，我們要理解它，又非經過視覺、嗅覺、觸覺等等的親身體驗，是很難把它說得明白的。

由於詞的語言藝術最主要的一點是和音樂結著不解之緣，所以要想去欣賞它，首先得在「聲」和「色」兩方面去體味。「聲」表現在「輕重揚抑、參差相錯」的基本法則上面，「色」表現在用字的準確上面。我們要初步理解和掌握這兩方面的手法，就得先從讀詞做起。近人蔣兆蘭說：

> 作詞當以讀詞為權輿（始也）。聲音之道，本乎天籟，協乎人心。詞本名樂府，可被管弦。今雖音律失傳，而善讀者輒能鏘洋和均，抑揚高下，極聲調之美。其瀏亮諧順之調固然，即拗澀難讀者亦無不然。及至聲調熟極，操管自為，即聲響隨文字流出，自然合拍。
>
> ——《詞說》

學填詞必先善於讀詞。一調有一調的不同節奏，而這抑揚高下、錯綜變化的不同節奏，又必須和作者所抒寫的思想感情的起伏變化恰相適應，才能取得內容和形式的密切結合，達到語言藝術的高峰。這一切，我在前面都已大致分析過了。關於四聲平仄和韻位的安排，怎樣通過發音部位而取得和諧悅耳，也非反復吟詠，細審於喉吻間，是很難做到聲入心通，感受到作品的強烈感染力的。

談到用字的準確，也得從兩方面來看。一方面是「煉聲」，也就是張炎所說，「要字字敲打得響，歌誦妥溜。」一方面是「侔色」，也就是陸輔之所說的「詞眼」（見《詞旨》）。這和《詞人玉屑》所稱：「古人煉字，只於眼上煉，蓋五字詩以第三字為眼，七字詩以第五字為眼」，有所不同。劉熙載說得好：

眼乃神光所聚，故有通體之眼，有數句之眼，前前後後，無不待眼光照映。若捨章法而專求字句，縱爭奇競巧，豈能開闔變化，一動萬隨耶？

——《藝概》卷四〈詞曲概〉

不論是通體的「眼」也好，數句的「眼」也好，這「眼」的所在，必得注意一個字或一個句子的色彩，須特別顯得光輝燦爛，四照玲瓏，有如王國維所說：「『紅杏枝頭春意鬧』（宋祁〈玉樓春〉），著一『鬧』字而境界全出；『雲破月來花弄影』（張先〈天仙子〉），著一『弄』字而境界全出。」（《人間詞話》卷上）這一個「鬧」字和一個「弄」字，能使一句生「色」，也使通體生「色」。又如柳永〈雨霖鈴〉「今宵酒醒何處？楊柳岸、曉風殘月」，也可算是通體的「眼」，著此一句，而千種風情，萬般惆悵，都隱現於字裡行間，玲瓏透徹，言有盡而意無窮。但這種境界，非得反復吟諷，心領神會，把每一個字分開來看，再把整體的結構綜合起來看，著實用一番含咀功夫，是不容易理解的。

近代詞家況周頤也曾以他數十年積累的經驗告訴我們，使我們對這一方面有了下手功夫。他說：

> 讀詞之法，取前人名句意境絕佳者，將此意境締構於吾想望中，然後澄思渺慮，以吾身入乎其中而涵泳玩索之，吾性靈與相浹而俱化，乃真實為吾所有而外物不能奪。
>
> ——《蕙風詞話》卷一

像他這樣的讀法，確實有利於欣賞，同時也有利於創作。因為這樣才能夠把讀者和作者的思想感情融成一片，通過語言文字的藝術手法，使作者當時所感受到的真實情景，一一重現於讀者的心目中，使讀者受到強烈的感染，更從而澈底瞭解各式各樣的表現藝術，作為自己隨物賦形、緣情發藻的有力手段。這在嚴羽叫做「妙悟」，而「妙悟」卻由「熟讀」中來。嚴羽教人學詩，又有所謂「三節」的說法：

> 其初不識好惡，連篇累牘，肆筆而成；既識羞愧，始生畏縮，成之極難；及其透徹，則七縱八橫，信手拈來，頭頭是道矣。
>
> ——《滄浪詩話・詩法》

我們每一個有成就的卓越詩人或藝術家，都得經過這三個階段。其實這也就是思想性和藝術性的結合問題，繼承和創作的關係問題，在我們上一輩的文學理論家卻只把它叫做「能入」和「能出」。南宋詩人楊萬里就曾把他寫詩的親身體驗告訴我們。他在《荊溪集・自序》中說：

予之詩，始學江西諸君子，既又學後山五字律，既又學半山老人七字絕句，晚乃學絕句於唐人，學之愈力，作之愈寡。

這是說明他由第一階段跨入第二階段，經過不少艱苦的歷程。對前人的表現藝術有了深切的理解，從而感到這裡面的甘苦，要把自己的思想感情表達得恰如其分，不是那麼容易。接著他又說：

其夏，之官荊溪，既抵官下，閱訟牒，理邦賦，惟朱墨之為親。詩意時往日來於予懷，欲作未暇也。戊戌三朝時節，賜告，少公事，是日即作詩，忽若有悟，於是辭謝唐人及王、陳、江西諸君子，皆不敢學，而後欣如也。試令兒輩操筆，予口占數首，則瀏瀏焉，無復前日之軋軋矣。自此，每過午，吏散庭空，即攜一便面，步後園，登古城，採擷杞菊，攀翻花竹，萬象畢來，獻予詩材，蓋麾之不去，前者未膺而後者已迫，渙然未覺作詩之難也，蓋詩人之病，去體將有日矣。方是時，不惟未覺作詩之難，亦未覺作州之難也。

這說明他的最後階段，也就是嚴羽所說的「透徹」階段。這在詩家叫做「妙悟」，詞家叫做「渾化」，也就是陸游所說的「文章本天成，妙手偶得之」。再明白地說，也只是深入瞭解過前人積累的經驗，融會貫通了各種語言藝術，「物來斯應」，從而解決了思想性與藝術性的結合問題；只是把作者所要說的話，如實地巧妙地表達得恰如其分而已。

王國維推演其說，把來談詞，也有所謂三種境界的說法。他說：

> 古今之成大事業、大學問者，必經過三種之境界。「昨夜西風凋碧樹，獨上高樓，望盡天涯路。」（晏殊〈蝶戀花〉）此第一境也。「衣帶漸寬終不悔，為伊消得人憔悴。」（柳永〈鳳棲梧〉）此第二境也。「眾裡尋他千百度，驀然回首，那人卻在、燈火闌珊處。」（辛棄疾〈青玉案・元夕〉）此第三境也。
>
> ——《人間詞話》卷上

這第一境是說明未入之前，無從捕捉，頗使人有「上窮碧落下黃泉，兩處茫茫皆不見」之慼。第二境是說明既入之後，從艱苦探索中得到樂趣來。第三境是說明入而能出，豁然開朗，恰似「踏破鐵鞋無覓處，得來全不費工夫」。我們對於前人名作的欣賞，以及個人創作的構思，也都必須經過這三種境界，才能做到「真實為吾所有而外物不能奪」。

關於能入和能出的問題，周濟在他所寫的《宋四家詞選・序論》中也曾談到。他說：

> 夫詞，非寄託不入，專寄託不出。一物一事，引而申之，觸類多通，驅心若游絲之繯飛英，含毫如郢斤斧之斫蠅翼，以無厚入有間，既習已，意感偶生，假類畢達，閱載千百，謦欬弗違，斯入矣。賦情獨深，逐境必寤，醞釀日久，冥發妄中，雖鋪敘平淡，摹繢淺近，而萬感橫集，五中無主。讀其篇者，臨淵窺魚，意為魴鯉；中宵驚電，罔識東西；赤子隨母笑啼，鄉人緣劇喜怒，抑可謂能出矣。

這能入和能出的兩種境界，也是結合欣賞和創作來談的。什麼叫做「寄託」呢？

也就是所謂「意內而言外」，「言在此而意在彼」。怎樣去體會前人作品哪些是有「寄託」的呢？這就又得把作者當時所處的時代環境和個人的特殊性格，與作品內容和表現方式緊密聯繫起來，予以反復鑽研，而後所謂「弦外之音」，才能夠使讀者沁入心脾，動搖情志，到達「赤子隨母笑啼，鄉人緣劇喜怒」那般深厚強烈的感染力。例如李煜的後期作品，由於他所過的是「此間日夕惟以淚洗面」的囚虜生活，一種復仇雪恥的反抗情緒磅礴鬱勃於胸臆間，而又處於不但不敢言而且不敢怒的環境壓迫之下，卻無心流露出「林花謝了春紅，太匆匆，無奈朝來寒雨晚來風」（〈相見歡〉）這一類的無窮哀怨之音，那骨子裡難道單是表達著林花受了風雨摧殘而匆匆凋謝的身外閒愁而已嗎？又如愛國詞人辛棄疾的作品中，幾乎全部貫穿著「憂國」、「憂讒」的兩種思想感情，有如〈摸魚兒〉的「斜陽煙柳」，〈祝英臺近〉的「層樓風雨」，〈漢宮春〉的「薰梅染柳」，〈瑞鶴仙〉的「開遍南枝」等等，都得將他的整個身世和作品本身緊密聯繫起來看，把全副精神投入其中，乃能默契於心，會句意於兩得。所謂「知人論世」，也是欣賞前人作品的主要條件。

所謂詞的「生香真色」，又從什麼地方去體會呢？我以為要理解這種境界，得向作品的意格和韻度上去求，要向整個結構的開闔呼應上去求。至於「真色」和

「借色」之分，最顯著的一點，就是要像唐人詠虢國夫人詩所謂：「卻嫌脂粉污顏色，淡掃蛾眉朝至尊」，要像李太白詩所謂：「清水出芙蓉，天然去雕飾」。這種「生香真色」，我以為最好的例子要算李清照的〈漱玉詞〉。譬如那闋最被人們傳誦的〈醉花陰〉的結尾：

莫道不銷魂，簾捲西風，人比黃花瘦。

又如賀鑄〈青玉案〉的結尾：

試問閒愁都幾許？一川煙草，滿城風絮，梅子黃時雨。

雖然上述兩首詞的結尾都是前一句呼起，接著融情於景，借相映帶，而此中有人，呼之欲出。但兩相比較，李詞一種嬌柔婀娜、惆悵自憐的天然標格，足使讀者盪氣迴腸，而視賀作卻更有深一層的韻味。初不假任何裝飾，只是輕描淡寫，而婉轉纏綿，揭之無盡。這是清照的前期作品，該和她所寫〈金石錄後序〉的下面一段對讀：

余性偶強記，每飯罷，坐歸來堂，烹茶，指堆積書史，言某事在某書某卷第幾頁第幾行，以中否角勝負，為飲茶先後。中即舉杯大笑，至茶傾覆懷中，反不得飲而起。

讀後就可想見作者的風流韻度和他倆的伉儷深情，以幫助我們對這些名句的欣賞。再看她在夫亡之後，遭亂流離，飽嘗人生辛酸時所寫的〈聲聲慢〉：

尋尋覓覓，冷冷清清，淒淒慘慘戚戚。
乍暖還寒時候，最難將息。
三杯兩盞淡酒，怎敵他、晚來風急？
雁過也，正傷心，卻是舊時相識。
滿地黃花堆積，憔悴損，如今有誰堪摘？
守著窗兒，獨自怎生得黑？
梧桐更兼細雨，到黃昏、點點滴滴。

這次第，怎一個愁字了得？

這裡面不曾使用一個故典，不曾抹上一點粉澤，只是一個歷盡風霜、感懷今昔的女詞人，把從早到晚所感受到的「忽忽如有所失」的悵惘情懷如實地描繪出來。看來都只尋常言語，卻使後人驚其「遒逸之氣，如生龍活虎」，能「創意出奇」，達到語言藝術的最高峰。這和李煜的後期作品確有異曲同工之妙，也只是由於情真語真，結合得恰如其分而已。

所謂「借色」，最常見的是用替代字，例如周邦彥〈解語花〉的「桂華流瓦」、吳文英〈宴清都〉的「褩蟾冷落羞度」，用「桂華」和「褩蟾」來代「月」，本意也只是為了聲響和色彩的調勻，卻使讀者產生「隔霧看花」的感覺，反而要「損其真美」。但周、吳一系詞人多愛玩弄這一手法。我們要理解他們的作品，也非得注意這一手法不可。沈義父曾經指出：

> 煉字下語，最是緊要。如說桃，不可直說破桃，須用「紅雨」、「劉郎」等字。如詠柳，不可直說破柳，須用「章臺」、「灞岸」等字。又用事如日

「銀鉤空滿」，便是「書」字了，不必更說「書」字。「玉筯雙垂」，便是「淚」了，不必更說「淚」。如「綠雲繚繞」，隱然髻髮；「困便湘竹」，分明是簟。（所引例句皆見《清真集》）正不必分曉，如教初學小兒，說破這是甚物事，方見妙處。

——《樂府指迷》

原來使用種種譬喻，來形容某些事物的美，而使它更加形象化，也是在語言藝術上一種由來已久的手法。例如《詩經》上形容女人髻髮的，就有「鬒髮如雲」（《鄘音庸風・君子偕老》）、「首如飛蓬」（《衛風・伯兮》）。漢賦裡形容女人眼睛的，就有「目流睇而橫波」（傅毅〈舞賦〉）。後來進一步把「綠雲」代髮髻、「秋波」代眼神，有如《西廂記》的名句「怎當他臨去秋波那一轉」，也並不感到「秋波」這兩個代字的討厭。但專門在這上面玩花樣，不墮於纖巧，即落於陳套。像這樣來「指迷」，只能使作者和讀者更陷於迷惘中，確是要不得的。

詞的另一種手法，就是要有開闔跌宕。有些「暗轉、暗接、暗提、暗頓」的地方，必須「有大氣真力斡運其間」（《蕙風詞話》卷一）。例如蘇軾〈永遇樂・彭城夜宿燕子樓，夢盼盼，因作此詞〉：

明月如霜，好風如水，清景無限。曲港跳魚，圓荷瀉露，寂寞無人見。紞如三鼓，鏗然一葉，黯黯夢雲驚斷。夜茫茫，重尋無處，覺來小園行遍。

天涯倦客，山中歸路，望斷故園心眼。燕子樓空，佳人何在？空鎖樓中燕。古今如夢，何曾夢覺？但有舊歡新怨。異時對，黃樓夜景，為余浩歎。

直是盤空硬語，一片神行，而層層推進，筆筆逆挽，真稱得上是「有大氣真力斡運其間」，卻又泯卻轉、接、提、頓的痕跡。又如他和劉仲達相逢泗上，同遊南山話舊的〈滿庭芳〉：

三十三年，漂流江海，萬里煙浪雲帆。
故人驚怪，憔悴老青衫。
我自疏狂異趣，君何事、奔走塵凡？
流年盡，窮途坐守，船尾凍相銜。
巉巉，淮浦外，層樓翠壁，古寺空巖。
步攜手林間，笑挽攕攕。
莫上孤峰盡處，縈望眼、雲水相攙。
家何在？因君問我，歸夢繞松杉。

這也極盡開闔跌宕的能事，而那浩然胸次，灑脫襟懷，直如與我輩相接於蒼茫雲水間，不假刷色而自然高妙。劉熙載只欣賞他另一闋〈滿庭芳〉中的「老去君恩未報，空回首、彈鋏悲歌」，以為「語誠慷慨，究不若〈水調歌頭〉『我欲乘風歸去，又恐瓊樓玉宇，高處不勝寒』，尤覺空靈蘊藉」，而認為這些都是「詞以不犯本位為高」的極則，卻不曾點出蘇詞都因有作者的「逸懷浩氣」運轉其間，恰如嚴羽所說：「七縱八橫，信手拈來，頭頭是道」。要之，他所運用的手法，也只是開闔跌宕，恰能隨物賦形而已。

在開闔跌宕中，又要「仰承」、「俯注」，見出「針縷之密」。例如陳與義〈臨江仙〉：

憶昔午橋橋上飲，坐中多是豪英。
長溝流月去無聲。
杏花疏影裡，吹笛到天明。
二十餘年如一夢，此身雖在堪驚。
閒登小閣看新晴。
古今多少事，漁唱起三更。

劉熙載曾拈出「杏花疏影裡，吹笛到天明」兩句的好處，就是因為它仰承「憶昔」，俯注「一夢」，所以「不覺豪酣，轉成悵悒」。我們仔細體味這整篇所臨摹的意境，上闋中間七字句於「豪酣」中已隱伏「悵悒」的根子，下闋七字句卻又從「堪驚」二字宕開，彷彿「憂中有樂」。這樣後先映帶，構成一幅完美無缺的圖景，就更值得反復吟玩。又如李煜〈浪淘沙〉的下闋：

金劍已沉埋，壯氣蒿萊。
晚涼天淨月華開。
想到玉樓瑤殿影，空照秦淮。

這前面兩句，是何等的衰颯悲涼。接著卻把格局宕開，顯出一種豁然開朗、光輝無際的高華氣象。卻又驟然跌入極度沉痛的深淵中，轉高華為淒咽，於酸楚中見情恨。後來范仲淹的〈御街行〉，也是用的類似手法：

真珠簾捲玉樓空，天淡銀河垂地。
年年今夜，月華如練，長是人千里。

這種手法的特點是：前面盡力拓開，後面陡折收合，把絕壯麗語轉化為絕悲涼的意境。我們理解了這些手法，進而予以靈活運用，那麼無論是對古代名篇的欣賞，還是對自己的創作，都會得到啟發而漸入佳境的。

總之，欣賞和創作都得從反復吟誦入手。掌握聲律的妙用和一切語音藝術，用來抒寫高尚瑰偉的思想抱負，作出耐人尋味、移人情感的新詞，我想，這是每個文藝工作者所日夕嚮往，同時也是廣大人民所迫切要求的。

附錄：龍沐勛自傳〈苜蓿生涯過廿年〉

一、教書習慣的養成

我是命中註定做教書匠的！自從二十歲那一年，由我那僻處湘贛交界的故鄉（萬載株潭）糊裡糊塗的跑了出來，當初做著一名小學教師，漸漸升教中學，以至大學，整整二十二年，除了寒暑假之外，是不曾離開過教書生活的。國府還都的那年春季，我還在上海，擔任國立音樂專科學校，和私立光華大學等處的教席。那時我的腸胃病害的不能起床，為著汪先生的特殊知遇，勉強扶病到了南京。中間隔了四五個月，不曾拈著粉筆，便有些「皇皇然若有所失」，好像老於兵間的宿將，驟然離開了那隊伍，便有些不很自在似的。

說來慚愧！我雖然教書二十多年，好像小學生升學似的，一步一步的由小學升上去，忝做大學教授，不知不覺間也就十五年了！然而每一次學校裡叫我填起履歷來，我總是把出身一欄空著的。有許多朋友，看見我在學術界的交遊方面，大多數是北大出身，或者是北大的老教授，如張孟劬、吳瞿安諸先生之類，硬派我做北大國文系畢業的。在國府還都的那年，有一次，汪先生約我去吃飯，同席的有一位原在北京女子師範學院做教務長的王廈材先生，汪先生給我介紹，說王先生對他講，和我是北大老同學，所以特地約到一塊兒來談談。我當時怪難為情的，又不敢冒充，只得低聲的向汪先生解釋，大約是因為我有三個哥哥，叫做沐光、沐棠、沐仁的，都曾肄業北大，時間過得長遠了，廈材先生或者記錯了吧！區區原來自十四歲在故鄉龍氏私立集義高等小學校畢業之後，就不曾升過學的！

我現在還時常感覺到，我的吃飯本領，那根基還是在那十三四歲時候打定的，而我的教書匠生涯，也就同時開始了！我的父親，是貧苦出身的。中了光緒庚寅科的進士，和文芸閣、蔡孑民、董綬金諸先生同榜，後來做了二三十年的州縣官，一直是清風兩袖。現在雖然事隔四十餘年之久，而我在外面偶然遇著桐城人士，不拘老少，談起來，差不多沒有不知道「龍青天」的。我父親自從辛亥革命那年，退居鄉里，除了奉養我的八十多歲的老祖母外，就在離家二三里地的一座龍氏宗祠裡，創辦了那一所集義小學，所收的學生，大都是族人子弟，而我和我的幾個堂兄弟，也就做了那學校裡的基本隊伍。那時同學們也有四五十個，除了另請一位教英算的先生外，其餘國文和歷史等等，都是由我父親教的。他老人家是最服膺孔老夫子「學而不厭，誨人不倦」那兩句名言的。他教學生，相當的嚴厲。每天叫學生們手鈔古文，以及《史記》列傳，顧氏《方輿紀要》總序、《文選》、《杜詩》之類，每個學生都要整整的鈔了幾厚本，鈔了便讀，讀了要背，直到顛來倒去，沒有不能成誦的，方才罷手。一方面又叫學生們點讀《通鑒》，每天下午，大家圍坐起來，我父親逐一發問，有點錯句子，或解釋不對的，立即加以糾正。一個星期之內，定要做兩次文章。學生們做好之後，交給我父親，詳加批改，再叫學生站到案旁，當面解釋一遍，又要學生拿去另謄清本，交出重閱。單說我個人，經過這一番嚴格訓練，一年之後，便可洋洋灑灑的，提起筆來，寫上一篇一兩千字的很流暢的議論文。到了高小畢業，就學會了做駢文詩賦。我還記得有一次，我父親叫同學們做一篇〈蘇武牧羊賦〉，以「海上看羊十九年」為韻。我居然做了一篇彷彿《六朝唐賦》體格六七百字的東西，現在還記得「髮餘幾何，齒落八九」，那麼兩個警句。後來我在各級學校裡，混了二十幾年，雖然因為經驗關係，或從時髦人物，得了些新的教授方法。可是要求國文的進步，還是免不得這句「熟則生巧」的老話，心手相應，意到筆隨，我父親當年教我的法門，總是終身吃著不盡的呢！

我生來就有一種自尊心，而且勇於負責的。自從五歲喪母之後，就跟著父親。尤其在十歲那年，父親棄官歸裡，從事小學教育之後，更是朝夕不離。我父親對兒子，是有些溺愛的，常愛向親戚朋友誇獎我，說我的詩文做得好，素來不罵我，打是更談不上的了。我卻並不因為父親的溺愛，便放肆或偷懶起來，反而加倍努力，比人家進步得特別快些。有時候，我父親因為有特別的事情，不能夠到學校裡來，我便招集同學們，團坐在一塊，溫起書來，背的背，講的講，儼然代表執行著我父親的職務。同學們過慣了這種生活，也就不以為忤，反而樂受我這「小先生」的督導。後來我父親索性叫我幫著改文，事實上一個十三四歲的孩子，儼然做起助教來了。

我在高小畢業之後，便抱著一種雄心，想不經過中學和大學預科的階段，一直跳到北大本科國文系去。那時我有一個堂兄名叫沐光的，在北大國文系肄業，一個胞兄名叫沐棠的，在北大法科肄業。他們兩個，都和北大那時最有權威的教授黃季剛先生很要好。每次暑假回家，總是把黃先生編的講義，如《文字學》、《廣韻學》、《文心雕龍札記》之類，帶給我看。我最初治學的門徑，間接是從北大國文系得來，這是無庸否認的。我那堂兄還把我的文章帶給黃先生看，黃先生加了一些獎誘的好評，寄還給我，並且答應幫忙我，直接往入北大本科。後來我在十七歲的那一年，生了一場大病，幾乎一命嗚呼。我另有一個堂兄名叫沐仁的，就靠黃先生的介紹，不曾經過預科的階段，直接進了北大國文系。等我病體回復健康，黃先生在北大，也被人家排擠，脫離他往了。我的父親因為供給三個子姪的學費，和幾十口的大家庭生活，積年薪俸所入，也消耗的差不多了。我只好打消這升學北大的念頭，努力在家自修，夢想做一個高尚的「名士」。到了將近二十歲的時候，我的胞兄沐棠，在北京教育部死了！我也結婚多年了——我的家鄉是喜歡替兒女早完婚嫁的，我也不能例外——覺著躲在鄉間，不是道理，而那時的國立大學，漸漸對於審查資格，嚴格起來，「只看衣衫不看人」，也只好隨他去了。後來終於得了父親的允許，勉強湊了些費用，由堂兄沐光的介紹，到了武昌，拜在黃先生的門下，學些音韻學。那時黃先生在武昌高等師範學校（後來改稱武昌師範大學，再改武漢大學）教書，我也偶然跟著他去旁聽，一方面教他的第二個兒子名叫念田的讀《論語》。黃先生除聲韻文字之學致力最深外，對於做詩填詞，也是喜歡的。他替我特地評點過一本《夢窗四稿》。我後來到上海，得著朱彊邨先生的鼓勵，專從詞的一方面努力，這動機還是由黃先生觸發的。我在黃先生家裡，住不到半年，一面做學生，一面做先生，也頗覺著稱心如意。我還記得，我在過二十歲生日的那一天，正是暮春天氣。悄悄的一個人，跑到黃鶴樓上，泡了一壺清茶，望著黃流滾滾的長江，隔著人煙稠密的漢陽漢口，風帆如織，煙樹低迷，不覺胸襟為之開展，慨然有澄清之志。照了一張紀念相，做了幾首歪詩，現在早已不知散在那裡去了！過了不久，不幸王占元的部下，在武昌鬧起兵變來，我跟著黃先生和高師的同學們，逃奔到城外的長春觀，再轉到漢口。這次兵變平息，恰好我家僅餘的些少資本，做點夏布生意，又被駐到漢口的經理人耗蝕完了！那時恰值暑假，黃先生帶著我到蘇揚各地，玩了一番，我就捲了鋪蓋，挾著幾本用過苦功的書籍，回到家鄉吃老米飯去。

二、初出茅廬的挫逆

民國十一年的春季，我的妻鬧著要回九江娘家去。那時她已養了一男一女，住在鄉間有些厭煩了。她的父親陳古漁先生，是前清最末一科的進士，和我的父親，一同在湖北做知縣。這門親事，也就是在那個時候說合的。我在舊曆的新年，帶著妻兒到了九江，住了不久，就向我岳父借了五十圓的旅費，溜到上海，正式開始我那「糊口四方」的生活了！我的父親雖然做了幾十年的清官，也曾被兩湖總督張文襄公派到日本去考察過，一時名輩，如吳摯甫（汝綸）、趙次珊（爾巽）諸先生，都很讚許。可是他老人家生性骨鯁，素來不喜應酬。尤其在歸隱以後，十幾年來，差不多與世相遺了。所以我跑到上海，找不著一個和我父親有關係而在社會上有些聲望的人物來。赤手空拳的，一個初出茅廬的鄉下人，混進這個五方雜處的洋場裡去，真有「前路茫茫，望洋興嘆」之感，那裡還會有我這鄉下佬托身之地呢？我寄住在法租界一家同鄉開設的夏布莊的一間擱樓裡，僅得一榻之地，一線之光，偶然想起陶淵明先生「審容膝之易安」的句子來，不禁有些「毛骨悚然，汗流浹背」。幸虧那夏布莊主人柳餘甫先生，和我家有些瓜葛，而且在同鄉的商人裡面，是最喜歡幫助斯文人的。我得著他的照顧，吃飯還沒有問題，可是我素來是不慣「素食」的，——這是《詩經》裡面所說的「彼君子兮，不素食兮」的素食，不是素菜館如功德林、覺園等所辦的素食。——到底怎樣去謀職業呢？我開始向報館去投稿，做了一首諷刺時事的七言古體詩，僥倖的被《新聞報》副刊主筆看上眼了，把它登了出來。過了些時，我的新認識的一位漂流在外的同鄉朋友柯一岑先生（他也是改名換姓，糊裡糊塗溜到上海灘上來的，等到出了頭之後，才恢復本姓叫郭一岑）正在《時事新報》館，主編《學燈》，和上海方面的文化教育界有些交誼，就把我介紹到北四川路横濱橋的一家神州女學裡去教書。我教的是高小最高年級的兩班國文，滿堂的「吳儂軟語」的女孩子，看學校裡請了這樣一位身穿藍布長衫——我這藍布長衫，直到現在，還是喜歡穿的。後來惹出了許多有趣味的故事，待我慢慢的再講。閱者如不相信，請到我的寓所，參觀十年前徐悲鴻先生替我畫的受硯圖，和最近方君璧女士替我畫的彊邨授硯圖，就可恍然我是「説老實話」的人了——頭髮長得很長，不修邊幅，而帶著幾分土氣息的國文先生來，就有些「竊竊私語」，這個我是心裡明白的。那時的待遇，是月薪大洋二十八圓，每天由學校裡供一頓中飯，因為上下午都有課的。我天天都是破曉起身，吃了幾根油條，就在夏布莊走到外擺渡橋，趁三等電車到神州女學去，勉強維持了一個多月。終於學生們向當局提出抗議來了，説是龍先生的學問，雖然不錯，可是我們大家聽不懂他的話。——其實這一層，我倒是托天之福，我的嘴巴是天叫我吃四方的。雖然不能操著各省的方言，可是一出門來，我的普通話就説的相當好，人家猜不著我是「江西老表」呢。——

教務主任謝六逸先生，弄得沒有辦法，我也只好知難而退，讓給謝主任自己去兼了。說起這個女學，是由張默君女士創辦的，她雖然擔任著校長，我可不曾見過她一面。後來她和考試院副院長邵冀如先生結了婚，她自己彷彿也在做著立法委員，在南京玄武門內建築了一座「美輪美奐」，富麗如宮殿的「夢筆生花館」。區區僥倖在上海做了幾年大學教授，春假到南京去拜訪她，承蒙她們賢伉儷殷勤招待，叨擾了幾次盛筵，我笑著對邵夫人——這是用司馬遷作《史記》的筆法，這稱呼是應該如此的——說：「張校長！我是你十年前的舊屬呢！」

一岑看見我又失了業，說我不是教小學的材料，因為上海灘上的小學生，大多數是操吳語或粵語的。後來他又把我介紹給××高級商業學校的校長×××博士。××博士是相當有名的人物，可是那學校早就名副其實的有些商業化，對於聘請教員，是要看貨色的。他向介紹人要求叫我寫一封很長的信，把我教國文的方法和主張說出來給他做參考。我也心裡明白，這明明是考試先生，便有些不耐煩，可是回頭一想，西楚霸王兵敗烏江，「尚何面目以見江東父老」的話，與其回到故鄉，受鄰里戚黨的暗嘲熱諷，倒不如硬著頭皮在外邊亂撞，偶然丟一兩回醜，也算不了什麼了不得的事。古人說：「富貴歸故鄉」。讀者諸君，須要切記。假如你也是和我一樣冒冒失失跑到外地謀生活的人，倘是不能夠揚眉吐氣的話，那你寧肯餓死在馬路上，千萬不要回到本鄉本土去，受人家的奚落。我們鄉里有句俗話，叫做「近處菩薩遠處靈」，我就抓住這句名言，做我立身處世的唯一方針呢！我那時思來想去，沒有別的辦法，只好信口開河的胡謅出一大篇道理來，寄給那位博士校長，僥倖他認為合格了。可是要等到暑假招生之後，看看是不是「生意興隆」，才來招聘我去擔任些鐘點。這我可忍耐不住，想起黔婁不食「嗟來之食」，我家裡還有老米飯，那個高興來弄這種「生意經」呢？我就拂衣而去，一溜煙的又離開這個滑頭社會，溯江西上了！

路過九江，上了岸，到岳家去，看了一看我的兒女，在江邊的客棧裡住了一宵，第二天又搭輪船到了漢口。立刻過江到武昌黃土坡，去看黃先生。黃先生的脾氣，我想大家都曉得的，卻是對我這個受業不到四個月的門生，特別的好。他知道我的家境中落了，在上海又「鎩羽而歸」，正陷在「進退維谷」的境地，登時叫他的侄兒叫耀先哥的（他名叫黃焯，後來在中央大學，做了十多年的助教，聽說現在在四川國立某大學做教授，已經好多年了）把我的行李搬到他家裡去住，說不久要替我設法，找個中學教員的位置。果然不到幾天，那私立中華大學的校長陳時先生，就送了一封聘書來。那聘書上載明教授附中的國文，月薪四十八吊。我因為黃先生的好意，而且我的教書經歷，總算升格了，所以我也不去計較待遇的厚薄，就把聘書收下來了。到了秋季開學，我為著上課的便利，搬到一家公寓裡住著，但離學校還是相當的遠。我每天清早，走到附近的小店，坐到長板凳上，買了幾根油條，（那時候的大餅油條，是便宜不過的，拉黃包車的，拿了幾十文錢，要吃它一個飽。卻不料二十年之後，一個國立大學教授，兼著簡任一級的官員，每天早上要多吃幾根油條，連著兒女一道吃，就非大大的加以節制不可，唉！）和一大碗滾開水，解決了肚子裡的飢餓，挾著那討飯袋——教授皮包——翻過蛇山，走到那個學校裡上課去。那間教室，大概是向什麼古廟裡借來的，裝著幾扇木槅紙糊的門窗，地面一高一低的。那臨時用幾條木板拼搭起來的講臺，我踏上去幾乎跌了個倒栽蔥，引得哄堂大笑。可是你倒不要藐視了這一班學生老爺們，他們雖不像上海那批小姐們的摩登，可是一樣的會向新來的先生搗亂，照例的說聽不懂我的話。那我可有些冒火了，我當時毫不客氣的「赫然震怒」，把這批學生當面教訓了一番。我說：「我從小就生長在你們湖北的，我也會講湖北話。難道你這批湖北人，都學了洋話，連本省的話都聽不慣了嗎？」刁頑的學生，只有嚴厲的對付他們，才會俯首貼耳來聽呼喚的。果然被我罵得一聲不響了。我忿忿的出了教室，跑回公寓裡，把那撈什子的聘書，叫人退回學校裡去，一面向黃先生道謝，說是我不適宜於教書的，這回決定回到老家，「身率妻子，戮力耕桑」去了。結果陳校長屈尊跑到我的寓所來，並且帶著兩名學生代表，向我賠罪，我才息了怒，答應著繼續教他們的書。武漢的天氣，是比較冷的。我住在那家公寓裡，一間僅容一床一桌的屋子，地板和窗子都是破爛不堪的。隔著板壁的芳鄰，據說大半是些丘九老爺，白天他們到學校上課去，倒還覺得靜悄悄的。一到了上燈時分，可就「胡笳互動，牧馬悲鳴」似的，胡琴馬將的聲音，雜然並作，一直鬧到深更半夜，我倒佩服他們的精神真不錯呢！那是「窮秋九月」的季節，瑟瑟的酸風，從破紙窗子不斷的侵襲進來，我的身體素來是單薄的，就有些抵擋不住。我可相信精神是能夠克服一切的。鬧的儘管他鬧，吹的儘管它吹，我對著一盞煤油燈，踏著窸窣作聲的地板，用那蠅頭般的小字，批校我那部石印本的《昭明文選》（這部書我是常常攜在身邊，作為第一年正式教書的紀念品），有時也會拍著破桌子，哼些詩詞，恰和老杜的「青燈無語伴微吟」，彷彿有了相同之感。這生活過了三個多月，就到寒假了。我因為我的妻兒，在娘家過年，有些不便——九江的鄉俗，是不准出嫁了的女兒在家過年的，女婿和外甥是更不銷說的了——就把她們接回老家去。我在外面混了一年，受了許多的挫折，也就有些心灰意懶，我的父親也曾叫我暫在家裡住下，犯不著這般的做，橫著家裡老米飯還有得吃呢！我打定了主意，就寫信給黃先生，把中華附中的教席，婉辭推卻了。

三、海濱的優美環境

事有湊巧，我回家不到幾天，忽然接著上海轉來的電報，說有一位朋友張馥哉先生（他是北大國文系畢業，也就是當時所謂黃門四大金剛之一。他和我堂兄沐光，是同班的，而我這時和他還未相識，不過由他的親戚金懷秋先生介紹過，他就把我記在心裡。後來我做了暨南大學的國文系主任，才把他拉來教文字音韻學，共事了幾個月，又遇著「一二八」的事變，損失了不少的書籍，他還是回到浙江教中學去。他是一位淡於名利的學者，屢次有朋友招他到大學裡教書，他總是推託著不肯遠行。直到「八一三」事變以後，他才從間道避到上海租界內來，和我們幾位朋友，合辦太炎文學院，可是不久他就病死了！身後蕭條，我愧不能多所濟助，有負死友，念之痛心！）要我到廈門陳嘉庚先生辦的集美學校去，代他的課。月薪是九十五圓——照周佛海先生的話，合起現在的法幣來，應該在萬元以上呢！——教的是舊制中學的最高年級。我毫不踟躕的，又動了遠遊之念了。登時回了一個電報，答應下來。就在正月初三的那一天，辭了老父，別了妻子，冒著大風雪，獨自一個人坐著山轎，走了兩天，到萍鄉搭火車，轉到武昌，順流東下，經過上海，取得馥哉的介紹信，換上太古公司的海船，一直漂到廈門去。一路舉目無親，加上廈門話的難懂，一登了岸，便有些異樣的感覺。可是既然路遠迢迢，冒冒失失的走了出來，只得鼓起勇氣亂撞，好容易由旅館裡的茶房，送上開往集美的帆船，在海港裡走了三四十里，到了集美村，找著一位體育教員孫移新先生（是馥哉介紹的）替我叫校工把行李搬到校舍裡去。我這生長在山鄉裡的人，一旦住在這一所三面臨水的高樓裡，看那潮生潮落，朝夕變幻的海濱風景，倒也心胸開拓，忘卻了那異鄉孤寄的閒愁呢。

我雖然上年在上海和武昌教過書，得了些少的經驗和教訓，可是來到這陌生的學校，教的又是最高年級，總免不了有些「戰戰兢兢」起來。好在那一班的學生，對馥哉是極端崇拜的，所以對他介紹來代課的人，也就有了相當的敬畏。我乍去上課，有些學生，都比我年紀大，我又有些不自在，兩臉通紅的，彷彿做新娘子一般，有些說不出話來。那位教務主任李致美先生（他是山東人，北高師畢業的）總是在窗子外面偷著看，他背地裡對人講：「張馥哉這回拆濫污了！怎麼找了這樣一個人來代課？可是既然來了，水闊山遙，難道馬上打發他回去？」過了幾日，我的態度也漸近自然了。李主任愛喝一點白酒，辦事非常的認真，而對同事們倒是極誠懇的。他有時候帶點酒意，跑到我的房間裡來閒譚，把我改的作文，抽出來瞧了幾本。他才老實不客氣的對我說：「馥哉到底是個負責的朋友，不會隨便拆爛汙的？我看了你改的作文，我才相信你是個有真實本領的人物呢！」我受了他這番鼓勵，真是感愧交集。後來學校裡比較有真實學問的蔡斗垣、施可愚、姜子潤諸先生，和葉采真校長，都對我另眼相看，學生們都對我敬禮有加，這位李致美先生，我還要推他做一個最先識貨的人物，我至今還存著「知音之感」，想探訪他的蹤跡呢！

集美是閩南一個設備最完美的中學！校舍建築在一個三角形的半島上，有一二十座堂皇富麗的洋樓，綿延十數里的校基，分設著中學、男師範、女師範、水產科、小學部。學生數千人，大都是南洋華僑子弟，或閩南各縣的土著，可是個個都會講國語，沒有人再說聽不懂我的話了。華僑的性子，是非常爽直的。導之有方，比任何地方的學生都好教。我一直在那裡教了四年半，從第四組教到第十七組，有的年紀比我大上十來歲，也有的十二三歲的孩子，非常活潑天真的。所有華僑的子弟，尤其對我好，好像家人父子般的。他們都說：「他們的父兄，叫他們遠涉重洋，回到祖國來讀書，是希望特別注重國文，知道些祖國的禮俗文化。」他們的好處是伉爽忠實，壞處卻帶了幾分馬來土人的獷悍，三句說得不投機，真個會「拔刀相向」。我常常想，從事華僑教育的人，應該這樣去領導他們，發揚滋長他們的善根，化除他們的獷悍之氣，把我們的優良文化，和民族思想，身體力行的，灌輸到這班華僑子弟的腦子裡。等他們回到南洋，把這種子，散布開去，不怕我們的大中華民族，不會「無遠弗屆」，替代了撒克遜民族，把國族飄揚到整個地球上去！我夢想著把這個理想的實現，自從到集美教書，以至跳到號稱華僑最高學府的暨南大學，經過十二三年的長時間，都和華僑教育發生極密切的關係，我這夢想，一點不曾打斷過。可惜歷來主辦華僑教育的人們，沒有遠大的眼光，只把「華僑教育」這四個大字，裝著幌子，（陳嘉庚先生，卻是一位實心實地要辦好華僑教育的人，他把他那經營橡皮業賺來的錢，獨力創辦了這集美和廈門大學那麼規模壯偉的兩所學校。可惜託付不很得人，他的事業，也就跟著他的商業，漸漸消沉下去了！）把華僑子弟看做「天之驕子」，當他們是救苦救難的觀世音菩薩一般，把他們嬌養起來，不特不注意給他們沐浴些宗邦教化，而且一味的放縱他們，籠絡他們，讓他們儘量發揮他們那獷悍的習性，弄得國內學生對他們當作「化外」，避之如恐不及！這個我可毫不客氣的放膽批評，暨南就是一個好例子。結果華僑父老，就有些不很放心，給他們的子弟回國讀書，那還談得上「華僑教育」的特殊效果呢！這是後來的事，我不覺連類及之，暫且把它放下。我從十二年的春季，老遠的跑到集美去代課，後來由代「即真」，從秋季起，學校就正式送了我的聘書，也不追問我的出身如何了。那時正是集美的黃金時代，它的科學館和圖書館，都在不斷的把新出的圖書儀器，大量的購進來。若干有志的同事們，得著這優美的環境，又沒有外界的引誘，（那地方本來是個荒島，你若是想要嫖賭吃喝，尋求那不正當的娛樂，只好渡過老遠的海峽，跑到廈門去。）所以埋頭用功的著實不少，不到幾年，都有了相當的著作，被南北各地的大學，禮聘做教授去。我在這裡，感覺到學術文化機關，是絕對的應該和政治商業的區域，隔離開來，學校內部，絕對不容許有政治和商業性質的分子滲了進去，那才真正的能夠造出有真才實學的人物來，作為改造社會、建設新國家的中堅份子。我生平不參加任何政治團體，本來也就是為著想要終身服務於教育界，替一般人做個榜樣呢！

我在集美四年半的時間，除掉一心一意的教書改文外，（我做專任教員，只教兩班國文，每週擔任教課十二小時，隔一周作文一次，時間是相當充裕的。）就是跑到圖書館去借書看。我這時感覺著我的常識太缺乏了，就是在國學方面，也算不得有了怎樣深的造詣。所以我就努力的向各方面去尋求新的知識，把時人的作品，不拘新舊，以及翻譯的文學、哲學、社會科學等等，涉獵了許多。又深恨我往年不曾多學外國語，以致不能直接去讀西洋書籍。聽到人家說，讀東文比較容易，我就特地買了不少的日本書，請同事黃開繩先生（他是東京帝國大學畢業的，後來染了肺病死了！）來教我讀讀了兩三個月，因為黃先生吐血，不便打擾他做這義務教師，這事就中途而廢了，我至今還引為大憾！

我是一個主張硬幹、笨幹的人。我的任事是這樣，我的治學也是這樣。我從二十一歲，正式出來做教書先生，直到現在，已是四十二歲的年齡了！在這整整二十一年的當中，我無時無刻不在做人家的先生，也就無時無刻不在自己做學生，我忘了我是已過中年的人了！我還記得我在集美的時候，除卻誠心誠意的向各種書本上去找指導我的先生外，那時恰好有位詩壇老將陳石遺先生，到廈門大學來做國文系主任。他老先生也是北大的老教授，門牆桃李，遍滿寰區。他雖然也過著半世的清苦生涯，但因生性好客，自己會燒幾樣小菜——他著的家庭食譜，把稿子賣給商務印書館，據說銷到幾十萬冊，著實賺了不少的錢呢！——而且特別喜歡獎掖後進。他認為得意的門生，常常會留著吃飯的，彷彿蘇東坡先生的「碧雲龍」茶，特為某幾位門人而設。那時我在集美教過的學生邱立等，已經升入廈大，從他老先生去受業了。我反而由學生的介紹，拿點詩給他老先生看，他說我的絕句很近楊誠齋。我很慚愧，自己是江西人，那時連誠齋的集子都還不曾讀過！宋人的絕句詩，我知識喜歡讀王荊公的。我聽了他老先生的話，趕緊向圖書館借了一部《宋詩鈔》來，打開其中的《誠齋集鈔》一看，才知道誠齋也是學王荊公的。我這才深深的佩服他老先生的眼光不錯，也就備了些贄儀，向他碰了頭，拜在他的門下。從這以後，我常常渡海到廈大去，向石遺先生領教——他給我論詩的信札，整整的一大本，可惜那年由滬南遊嶺表，在海船中遺失了！——並且常是叨擾他自己做給自己吃的幾碟小菜。夜間就住在邱同學的床上。原來邱同學比我大上七八歲，文字學是極造詣頗深的，我早把他當做「畏友」。他總是讓床給我睡，而且常常陪我去逛南普陀，以及廈門附近一帶的名勝地，情誼和兄弟一般的。自從我離開集美，還是不斷的通信。

有幾次，我想找他到上海來教大學，都因受了阻礙，不曾實現。現在隔絕十餘年，不曉他漂流到什麼地方去了！我對學生是誠懇的，所以歷遭患難，得力於學生們的幫助，也著實不少，只是有心無力，不能夠多多的提拔他們，午夜思之，還感著「慚惶無地」呢！

集美的風景，我認為是最適宜於教學的！藏修遊息，都是一個最好的所在。只是氣候比較差些，我的老胃病，就是在那時患起，一直害到現在。我那時感著不舒服，常是帶著學生，到海邊去閒遊。那地方是不適宜於種柳的，卻有許多大榕樹和常綠的相思樹。我常是坐在那綠陰之下，欣賞那青山綠水間，風帆葉葉、白浪滔滔的壯美風景。有時獨自一個人，跑到鼇頭宮的大石上去聽潮音，澎湃鏗鏘，如聞天樂。我現在在晨光熹微中，執筆追憶，寫到這裡，對著案上那張獨踞磐石、背臨大海、飄飄然有「遺世獨立」之概的照片，還不禁「悠然神往」呢！

在集美四年半的當中，我曾回到老家兩次。一次是十二年的暑假，我冒著炎蒸天氣，老遠的歸到故鄉，喜的老親無恙，而我所深愛的最初一個女兒小名芙芬的，因為出麻疹死了！我的大兒子聰彝，也正患著同樣的病。但為職任心所驅使，匆匆的離開家庭，回到廈門去。這年秋天我的大兒子也死了，接著又生了一個女兒。這消息，老父怕我傷心，直把我瞞到第二年的暑假，重返故鄉，方才知道。就在這十三年的秋季，帶著我的妻，和我的女兒順宜，一同到集美去了！我這女兒的名字，是公公取的。果然從這以後，一切都比較順手了。一直在集美鄉下住著，除我個人到過兩次福州，去看石遺先生，和逛鼓山外，不曾離開廈門一步。十七年的暑假，我因石遺先生的介紹，接到上海國立暨南大學的聘書，才帶著我的妻，和兩個女兒（一個叫美宜，是在集美生的），一個兒子（廈材），七八口書箱，辭別了這海山雄秀的廈門，乘桴北返。所有在廈大和集美的學生，都來結隊歡送，並且留下許多紀念照片，表示依依惜別的樣子，我也不禁為之黯然！

我是不愛出風頭，和應酬巴結的，所以留在閩南這長遠的時間，對於當地士紳和各方面，都少交往。那時魯迅先生和傅築隱、沈兼士、顧頡剛、羅莘田、郝昺蘅諸先生，都在廈大教書。我雖然都曾晤談過，但是除羅郝兩位，比較親密外，其餘的不過認識認識而已！我因為受黃季剛先生的影響，也不敢輕易著書。所以在這四年半當中，除了編過一本文學史，作為講義，又在中山先生逝世的那一年，做了一首一百韻的長詩，表示追悼，頗引起閩南人士的注意外，就不曾在任何刊物，發表過文章，這也就可看出了我的笨相吧！

四、重來上海的奮鬥

我那年暑假，回到上海，先把家眷送往九江，再返故鄉看我的老父。在家裡住不到一禮拜，因為赤燄漸張，大有「行不得也哥哥」之勢，我就悄悄的溜到九江，和我的岳丈及妻兒等，上廬山住了將近一個月光景。遊覽了海會、棲賢、秀峰、青玉峽、玉淵、三疊泉諸名勝，作了十幾首紀遊詩，和一卷遊記，頗為義甯陳散原先生所激賞，後來發表在暨大的刊物上面。

和風乍起，我孑然一身的回到那塵雜不堪的洋場上來！我是惡煩囂而喜幽寂的，幸虧暨大設在離上海市十餘里的真茹鄉間，我以為一個人總是可以住在校內的。所以征塵初洗，便自跑到學校去，準備把行李遷入。不料那事務先生，毅然決然的拒絕了，說什麼你是新來的講師，是沒有住校的權利的。那十足的官僚氣，我就有些看不順眼，但也只得廢然而退，別想棲身之所。找了很久的時間，才在北火車站附近，找著一所一樓一底的房子，重把我的家眷接來。我當初教的是大學一年級的兩班基本國文，時間是排在每天早上的第一節。那時上海附近的交通，還不很發達，自上海到真茹，總要趕上在北站七點開出的那班火車。冬天晝短夜長，我總是未明而起，走出門來，只聽得洗馬桶的吵啦吵啦之聲，「如助予之歎息」！我素來是抱定「盡其在我」的主張，不管討好不討好，力總是應該賣的！各學校的學生，對於國文素來不很注意，何況暨大號稱華僑最高學府，素來是以踢足球著名的！常常是球員一聲令下，不問校長答應不答應，學校布告不布告，學生們會自動的停課！一班老教授們看慣了，也就安之若素，不把它認為什麼稀奇！只是我這個不識時務的呆小子，不管風晴雨雪，他們停課不停課，只要教室裡有了一兵一卒，我總是要滔滔不絕的講下去的。那個說人類會沒有同情心呢？我這樣的笨幹，居然在全校自動停課的時間，我班上的學生，是個個自動的來聽講了！同學們看見我的身體很瘦弱，老是大清早跑到學校裡來，就大家要求我住在校內，他們也好在課外來求些教益。我把上次事務先生拒絕我的話，告訴了他們，他們都有些「義憤填膺」似的，眾口一辭的說：「豈有此理！」這時學校正在謀教授們的安心教學，在學校的後面，籌畫著建築十幾幢的洋式平房，叫做暨南新村，準備有家眷的教授們住的。在十八年的春季，這房子就動工了。我就向學校當局去要求，預定一間給我住。當局又照例的說講師沒有資格住房子，把我拒絕了！同學們聽到這個消息，替我代抱不平，說：「等我們去要求，看他們敢不敢拒絕？」原來暨大的行政系統，是校長指揮院長，和其他的高級職員，院長和其他的高級職員，指揮教授講師，教授講師指揮學生，學生又指揮校長，是循環式的！說也奇怪，他們學生去一說，就靈驗了！我不待那房子竣工，就搬了進去。同時在那年的暑假，當局也把我改做專任教授了！

我住在暨南新村，自十八年起，到二十四年秋季去廣東止，足足住了六年。中間雖因「一二八」的事變，逃到法租界辣斐德路國立音樂院的汽車間內，過了一個舊曆年，住上幾個月。等到淞滬協定成立，學校搬回真茹以後，我又重新披荊斬棘的回到那所村居去。我手種的竹子，被人家芟夷盡了！只有柳影婆娑，和那不凋的冬青樹，依舊的危立窗下，似解迎人，直叫我發生「樹猶如此，人何以堪」的感慨！

我初到暨大的那一年，是鄭韶覺先生做校長。正在由商科大學，力謀擴充，他聘了陳斠玄先生做國文系主任，作為擴充成文學院的基礎。那時所聘的教授，也大都不愧為「一時之選」，而我以一個五年前在上海做小學教員而被女學生們趕掉的酸小子，居然也和這批名流學者，以及什麼金字招牌的博士碩士們，「分庭抗禮」起來，這雖然要感謝石遺先生的介紹，和斠玄的提掖，而我那自己的努力，能夠得著這麼的結果，也總算是天不負人了！「學而不厭，誨人不倦」，這是先師孔子的偉大精神，也就是先君傳給我小子的無上寶訓！我雖然一生戇直，只管呆頭呆腦的苦幹，以致引起人家的嫉妒，遭遇了不少的風波，我可相信，「最後勝利，總是屬於我們的」。暨大本來是個情形複雜的學校，又迫近在政治商業中心的上海，那被野心家利用來作鬥爭的舞臺，原也是不足引為詫異的。我不加入任何黨派，也沒有什麼同學、同鄉等等的觀念，我只知道以身作則的教學生怎樣讀書，怎樣做人。我的一生，受人敬重在此，被人嫉妒和攻擊也在此！我眼看著暨大由商科擴充到有了文學院、法學院、理學院、教育學院，完成現代大學的組織，這不能不歸功於鄭韶覺氏的辛苦經營！我個人自從講師做起，為了苦幹，得著學生的信仰，不到三年，做了中國語文學系主任，也算是「一帆風順」，「得其所哉」的了！

我從小愛讀《史記》中的《刺客列傳》，尤其是「士為知己者死」這句話，深印在我的腦海裡面。我以前做事，抱定這個主張，我以後做事，還是抱定這個主張。我在暨南，因為是蔛玄先生找我去的（我和蔛玄，本來毫無關係，因為石遺先生的介紹，才和他相知），所以我就「竭忠盡智」的想替他把暨南的文學院辦好。後來文學院雖然擴充為外國語文學系、歷史社會學系，可是我認為中國語文學系，是斠玄的基本隊伍。那時教育學院的院長，是謝循初先生，他的確是個精幹的人才！拼命的把他那一院擴充，向學校爭得經費，布置了一間頗為完美的教育研究室。我為著要鼓勵國文系的同學們，注意自動的研究文學起見，也同樣的向學校裡要求些設備費，費了九牛二虎之力，才分得一間空洞的房子。我就對同學們講：「我們通力合作，來做給他們看吧！」於是先把我頻年辛苦積下來的錢購置的《四部叢刊》，和其他新舊圖書雜誌等，搬到研究室去。再由我負責，向同事顧君誼先生，和其他歡喜買書的同學劉鍾經等，要求各出所藏，藉供眾覽，不一瞬間而琳琅四壁，超過教學研究室的所有，這頗有些叫人驚訝！我是每天晚上都到那裡去，和同學們討論研究，雖然知道這「為人太多，為己太少」，是對自己的學術成就，有相當的損害，可是我認為既擔任了這職務，是應該先公後私，一往無悔的。我這樣的硬幹、笨幹，雖然沒有得著怎樣顯著的效果，但是至少我是「於心安」的。可惜過了不久的時間，就遭到「一二八」的事變，真茹陷入火線，大家一窩蜂的走了！所有學校裡的圖書儀器，那個還有這閒情去理會它？我那天晚上，因為兒女的拖累，和老父及諸弟妹等，——我的家鄉，因為十八年遭了兵禍，一直鬧了五年，我家老小數十口，都逃到上海來，分住在暨南附近——沒法伴著同走，仍舊在暨南住了幾天。後來我那留在圖書館服務的學生諶然模，從梵王渡跑到真茹來看我，我才把老小送入租界。又屢次在飛機迴翔偵察之下，用獨輪手車，督著諶生，把圖書館和研究室的圖書，搬出許多。最後幸虧圖書館副主任許克誠先生，借了幾輛運輸糧秣的軍用卡車，才把所有的圖書儀器，全部運了出來。只剩下我自己的單本新書，放在研究室內的，損失了一千冊左右。

自從十九路軍在大場撤退之後，上海的局面，漸漸的恢復了常態。斠玄早經應了中山大學之聘，到廣州去了。鄭校長也率領一批學生和教職員，浩浩蕩蕩的從蘇州奔向上海租界內來，臨時在赫德路和新聞路之間，租了兩座洋房，作為準備復課的校舍。那時有許多重要的教職員，各自奔回老家，沒有集中在上海。我只好替學校盡義務的四出奔走，勉強湊合了一個臨時局面，不久就復課了。其他上海附近的私立大學，如復旦、光華、大夏之類的學生，都投奔到暨大來，做借讀生，倒也稱得上「得風氣之先，極一時之盛」！我那時是擔任文史哲學系（這個系是臨時合併中外文學系和歷史社會系而成的）主任，實際執行了文學院的職務，而把那院長的空頭銜，讓給張鳳博士去了。——他原是歷史社會系主任，兼圖書館主任。——後來那批造謠中傷的人，竟認我們兩個是斠玄的替身，叫什麼「龍鳳配」，在某種小報上大肆攻擊，我也只好置諸不理。等到學校搬回真茹，鄺玄也自廣州回任院長，我依舊擔任中文系的職務。那時我感覺到上海一般大學生國文程度低落的原因，缺乏在那一個「讀」字。我以為思想感情，是做文章的要素，而那思想感情，要靠著語言文字來表達。所以要求國文的進步，必得把古今來可滋模範的代表作品，讀個爛熟，才能夠把他人的思想感情和語言文字融成一片，然後醞釀在本人的心胸，又把他人和自己融成一片，這樣才會心手相應，筆隨意轉，做出條達曉暢的文章來。我除了在大禮堂對附中學生公開講演過「請開尊口」這麼一個題目，提倡國文科的朗誦外，又向學校要求撥了一間距離宿舍較遠的洋式平房，作為中文系的研究室，和放聲朗誦國文的實驗場所。我那時擔任的課程，是偏在詩詞一方面的。我對學生說：「這兩項都要特別注重聲調，更非朗誦長吟不可。大家如果有志於此的話，只好跟著我來！」我和學生約定在每天早上的七時到八時，為朗誦的時間，我總是六點三刻就首先到了研究室，領導著三四十個男女同學，聚在一塊，放聲朗讀起來，「洋洋乎盈耳哉」！那些校工和校外的人，經過那窗下，莫不「駐足而立，傾耳而聽」。大家有了興趣，加入的反而多了起來，一間房子擠得滿滿的。果然不久就發生了效果，平仄也懂了，讀詩的也會做詩了，學詞的也會填詞了。自秋季讀到冬季，天亮得漸晏了，我總是在東方發白的時候，就到了研究室。一班女同學倒感到不好意思，大家未明而起，都趕到這裡來共讀，男同學卻有些「知難而退」了！我有一天因為著了寒，病倒了，還要充硬漢，瞞著妻子，悄悄的起了身，走到研究室去，督導他們，他們被我深深的感動，說：「先生不必太辛苦了！我們會自動的去讀。」那偶然偷懶的男同學，也都鼓起勇氣來了！他們讀過書之後，就結隊到我家裡來問病，彷彿自家骨肉似的。這個讀書會，終於維持到了寒假，照了一張紀念相，我還題了一首〈浣溪沙〉的小詞：

半載相依思轉深，擬憑朝氣起沉陰，生憎節物去駸駸！
文字因緣逾骨肉，匡扶志業托謳吟，只應不負歲寒心！

詞雖不佳，卻是在我這個笨傢伙的人生過程中，是很值得紀念的一回事！

我在第二次回到上海來教書以後，交遊漸漸的廣了，認識的名流老輩，也逐日的多了。最初器重我的是新建夏吷庵先生，他做了一篇〈豫章行〉贈給我。先後見過了陳散原、鄭蘇戡、朱彊邨、王病山、程十髮、李拔可、張菊生、高夢旦、蔡孑民、胡適之諸先生，我不管他們是新派舊派，總是虛心去請教，所以大家對我的印象，都還不錯。我最喜親近的，要算散原、彊邨二老。我最初送詩給散原蘇戡兩位老先生去批評，散老總是加著密圈，批上一大篇叫人興奮的句子，蘇翁比較嚴格些，我只送過三四首詩給他看，只吃著二十八個密圈子。我因為在暨南教詞的關係，後來興趣就漸漸的轉向詞學那一方面去，和彊邨先生的關係，也就日見密切起來。彊邨先生是清末的詞壇領袖，用了三四十年的功夫，校勘了唐宋金元人的詞集，至一百八十幾家之富，刻成了一部偉大的《彊邨遺書》。他自己做的《彊邨語業》，也早經為海內填詞家所「家弦戶誦」，用不著我再來介紹。他的謙和態度，叫後輩見了，感著「藹然可親」。我總是趁著星期之暇，跑到他的上海寓所裡，去向他求教，有時替他代任校勘之役，儼然自家子弟一般。他有時候填了新詞，也把稿子給我看，要我替他指出毛病。我敬謝不敢，他說：「這個何妨，你說的對，我就依著你改，說得不對，也是無損於我的。」這是何等的襟度，我真感動到不可言說了。他替我揚譽，替我指示研究詞學的方針，叫我不致自誤誤人，這是我終身不能忘的。在他老先生臨沒的那一年，恰值「九一八」事變。他在病中，拉我同到石路口一家杭州小館子叫知味觀的，吃了一頓便飯，說了許多傷心語。後來他在病榻，又把他平常用慣的硃墨二硯傳給我，叫我繼續他那未了的校詞之業。並且托夏吷庵先生替我畫了一幅上彊邨授硯圖，他還親眼看到。我從他下世之後，就把所有的遺稿，帶到暨南新村去整理。「一二八」的晚上，我用我的書包，把這些稿件，牢牢的抱在身邊，首先把它送入「安全地帶」。後來就在音樂院的一間僅可容膝的地下室裡，費了幾個月的功夫，把它親手校錄完竣。同時得著汪先生和于右任、劉翰怡、陳海綃、葉遐庵、李拔可、林子有、趙叔雍諸先生的資助，刊成了一部十二本的《彊邨遺書》。我和汪先生的關係，也是從這個因緣來的。隔了不多時間，我又得了夏吷庵、葉遐庵、易大厂、吳瞿安、趙叔雍、夏瞿禪諸先生的資助，在上海創辦了《詞學季刊》，作為全國研究詞學的總匯。在二十二年的春季，由民智書局出版，引起了國內外學術界的注意，所有填詞家，都集中到這個刊物上來了！我和日本京都的東方文化研究所，從這時交換刊物起，一直維持到現在。《魯迅全集》裡，也提到我這個季刊。在民智出過四期之後，改歸開明書店辦理印刷發行，直到「八一三」，開明在虹口的印刷所燒掉了，這才中斷下來！在創辦的初期，大家都以為範圍如此之窄，至多能維持到一年，就算了不得。那知我還是不斷的努力幹下去，材料也越來越多了，行銷所至，遠及檀香山，僻至甘肅的邊地，——這不是我瞎吹，有信件為證的。——倒也非區區始料所及呢！

「盛名所至，謗亦隨之」，這確是兩句至理名言，我從重來上海，稍稍忝竊虛名以後，各個大學總是拉我去演講——我生平最怕在大庭廣眾中像煞有介事的作什麼學術演講，叫我去聽中外名流學者演講，我也有些頭痛，這大概是我一生蹭蹬的最大原因吧！——我認為自己本分內的責任還未盡，那還有許多精神去出鋒頭，或撈些「外快」？我那幾年對於暨南，是抱著熱烈的希望，把那個暨南新村也當做我的第二故鄉，總是專心致志的不肯「外騖」，所以對各方的要求，一概婉辭謝絕。談到兼課，除了從十七年冬季起，因為蕭友梅先生拉我去代易大厂先生的課；後來大厂厭倦教書，蕭先生就一直聘請我在他主持的國立音樂院（中間一度改組為國立音樂專科學校）兼任國文詩歌教席，到國府還都的那年春季，才算脫離。中間除了二十四年度請假到廣州，足足有十二年的歷史，所以音樂院出身的同學，對我都有好感，差不多沒有一個不認識我的。至於其他學校，我除了在復旦、中國公學、正風文學院短時期的兼過兩小時詩詞課程外，就不曾踏上過門。人家還認為我是搭架子，那曉得這正是我的呆氣呢？

暨南自遷回真茹之後，情形愈加複雜了！鄭校長為了敷衍各方面，純粹的學者漸漸走開，他的黃金時代也漸漸的過去了！許多有背景的人物，打進這個學校來，此爭彼奪，鬧個不了，有的利用華僑學生做打手，動不動就演起全武行來，㪘玄也曾被威逼過！我素來是不偏不倚的，站在超然地位。他們拿不到我的劣點，除了在××新聞造了一大篇謠言外，只好別想方法，離間挑撥我和校長院長的感情，說什麼我是一個純粹學者，不適宜於辦事方面呀！什麼主張太偏，專叫學生學會做詩填詞有什麼用呀！後來鄭校長果然聽信了他們的話，笑著對我說：「我為著你的專心研究學問，還是不擔任職務的好！」他背地笑我是「書呆子」。我把主任辭掉不幹了。鄭校長待我不錯，不但不減我的薪水，並且尊稱為什麼特別講座，鐘點也教的少，我也樂得逍遙自在呢！後來鄭校長被外力威逼，那當年藉了挑撥而得著好處的人，又來運動我，要我也來參加「驅鄭」，我堅決的拒絕了！事去之後，大約才感覺到只有「書呆子」是靠得住的，所以鄭氏對我，反而特別要好起來。

鄭氏被驅以後，學校弄得不可收拾。教育部幾次的派人來調查，結果決定由那位高等教育司長沈鵬飛先生，臨時代理校長。這位沈代校長，倒也是個老實人，可惜太懦弱了！一切大政方針，都要請示於上海某組織，結果校內更加政治化了！

斠玄既隨鄭氏以俱去，繼任文學院長的×××，叫學生代表某來向我說：「×先生——他是上海某組織的頭兒——素來很仰慕你，希望你去看他一回，他是很想借重你的。」我當時表示：「我和×先生素昧平生，去看他做什麼？我寧願丟了教授不幹，斷斷乎不肯犧牲我素來的主張，去加入什麼組織的。」那代表也就默認的走了，我仍舊若無其事的教我的書。後來沈氏請我到他的辦公室去談話，把已經填好的志願書，當面要求我蓋一個印，我毅然的拒絕了。我說：「國立大學，是為國家造就專門人才的。在國立大學做教授的人，只顧替國家盡教育人才的責任，那有閒情去參加其他的組織呢？」他被我反問得啞口無言，以後也不再拿這事相強了！

大約那時候的什麼組織，是需要時時刻刻聯繫鬥爭手腕的吧？打倒了他的敵人，馬上就會自家人和自家人摩擦起來。所以過不到半年，中文系的主任問題，又鬧得無法解決，結果還是把我強拉了出去。我和他們「約法三章」的說妥了我的條件，才又勉強的幹了一年。

到了二十四年的春季，沈氏又敷衍不下去了！把整個的學校鬧得烏煙瘴氣。我曾到過南京，向當時的教育部長王雪艇先生，和僑務委員會委員長陳樹人先生，陳述一切，希望他們注意，不要把這個唯一華僑教育最高學府糟蹋了。不知怎的，大家都有些不願過問，我也只好不管了。直到暑假以後，何某以發表什麼「本位文化」的十教授宣言之一的資格，拉上了某黨要人，正式來接任暨南的校長。他和華僑教育，也是素來「風馬牛不相及」的，我對暨南深深的感到絕望了！

五、嶺表一年的遭遇

在二十四年春季開學之前，胡展堂先生就託冒鶴亭先生來找我到廣東去。那時胡先生正在香港養病，和我不但素無一面之緣，而且不曾直接通過一次信。他自湯山幽禁之後，以至恢復自由，由滬赴港的那幾年當中，幽憂憤懣之餘，愛做些詩，尤其歡喜疊韻。那時和他唱和最多的，是冒鶴翁，和他的一位落拓不羈的老友易大厂。我和大厂，自在音樂院相識之後，蹤跡日密，也就做了「忘年之友」（他比我大上三十多歲）。他常是把他們的唱和詩稿給我看，有一次硬拉我同作，由他附寄到香港去，不料竟「氣求聲應」起來！不到七八天，就接著胡先生寄來〈得榆生教授大厂居士和章，七疊難韻並答〉的和作：

風雨時時吟和難（因為我的書齋，題作風雨龍吟室），孤懷況欲起衰殘。
相從問客行向後，不飲看人酒易闌。
晞髮無心惟惡暍，折松隨手輒成欄。
吾民有慍終當解，不信南風竟不彈。

這是二十二年秋初的事。自這以後，就不斷的有篇什往還。我還記得在二十四年的舊曆元旦，我正持著詩箋，親自到郵局去掛號，而胡先生寄我的詩恰恰送到，彷彿「相印以心」似的！我是一個癡情的人，不免引起了知音之感。他看了我在《詞學季刊》上發表的論文，登時寄了我一首五古，後半是這麼說：「詞派闢西江，感深興廢事。照天騰淵才，奔走呼號意。樂苑耿傳燈，豈奪常州幟。邁往足救亡，斯言可終味。」同時接著鶴翁促我南遊的電報。我因為老父尚在真茹，不曾前往。後來我父親知道我有南行的意向，又值故鄉安定，不久也就帶著我那異母弟妹十多口，回到故鄉去了。我準備了半年，在暑假之前，就接著中山大學的聘書，鄒海濱校長又再三托斠玄來函勸駕，說胡先生希望我到那邊去，把中文系辦好。胡先生在六月初放洋，前往歐洲養病。他在郵船上，還不斷的有詩來，說什麼「未能講肆從容話，曾把吳鉤子細看。真個揚帆滄海去，憑君弟子報平安。」又說：「三月無詩吾豈憊，萬方多故子其南！」他對我的這般熱望，怎叫我不動心呢？我這時雖然少了大家庭的負擔，而我自己也已有了七個孩子，加上在真茹住慣了，不但暨南全校自教職員和校工都和我有好感，就是附近鄉村裡的人，也都相識，到底有些留戀，決定不了去留。我只得在暑假期中，先到廣州去跑一趟，看看情形怎樣。我一個人到了廣州，鄒校長對我特別殷勤，為我備了盛筵，請了許多西南政務委員會的要人來做陪客，又親自陪我駕著汽車，去石牌參觀新建築的金碧輝煌，矗立在每個小崗巒上的新校舍，和那綿亙數十百里，坡陀起伏，林木蔭蔚的廣大農場。我笑著對鄒校長說：「我來替你做個參贊大臣，率領許多西南弟子，在這裡來建個國吧！」兩個人都呵呵的笑了。他說，秋後就準備全部從文明路舊校址搬到石牌去，並且擬就了許多教授住宅的圖樣，叫我預先選定一座，帶著家眷同來。這石牌距市雖遠，卻自幼稚園以至大學，都要次第設立起來，子女的就學是不成問題的，希望我安心的來辦教育，好好的替他培植西南弟子，至少中文系是交給我全權去辦理的。我當時興奮極了，那文學院長吳敬軒先生，也是一個忠厚篤實的純粹學者，看來是可以合作的。所以我的南行之志，就有七八分的決定了。

那時我接著真茹家屬的來信，說暨南的聘書，也照舊的送來了。並且這一次的新舊教授，是由校長列名單，送給教育部長去審核的，而第一個被圈定的卻是我。我在開學之前，回到上海，觀察了校內的新局面，那班「新貴」們，有些「作威作福」的模樣，大概他們也知道一點我南行的消息，便挖空了心眼，做好了圈套，要我不樂意的自動離開，以便他們的「為所欲為，肆無忌憚」。我後來也頗悔我自己太沒涵養了，中了他們的計，一激就把我激走了，把我七載經營的暨大中文系，連根帶葉的拔除淨盡！那當局還假惺惺的，和「貓哭老鼠」般的挽留了我一回，說什麼給我請假一年，要打電報給鄒校長，表示這是借用，來年是要聘我回來的。我當時一怒之下，就帶著我的孩子們，和四五十箱的書，一些破舊不堪的家具，揮著熱淚，辭別了一班親愛的同學，和那座「綠陰如幄」的村居，搭上招商局的海元輪，竟自向南去了！當時做了一首〈水調歌頭〉，留別暨南同學：

孤客向南去，抗首發高歌。
無端別淚輕墮，斯意竟如何！
七載親栽桃李，風雨雞鳴不已，長冀挽頹波。

壯志困汙瀆，短翼避虞羅。
逕行矣，情轉側，歲蹉跎！
平生所學何事？莫放等閒過！
胞與常須在抱，飽雪經霜更好，松柏挺寒柯。
肝膽早相示，後夜渺山河。

聽說這一學期，我所教的課程，就沒有人敢接我的手。事後思之，難怪會招他們的忌，把我當作老虎般的對付，這的確是我平生最大的短處喲！

我抱著滿腔的熱忱，重到廣州，中大的學生，就派了代表，領著校工，把我的家眷和行李，送到預租的東山松崗的寓所住下。那時中大還在文明路暫時的舉行開學典禮。說也奇怪，那學校有一個極端矛盾的現象，學生們認為最不滿意的教授，選起課來，反而特別的多。——固然有些特別有學問經驗的老教授，選課的也不少。——我為好奇心所驅使，有時偷偷地去看，那個學生選課最多的教授的教室裡，常是「寥若晨星」的，只有十分之一的人，在那裡沒精打采的癡坐著，或者低下頭來看他們愛看的書，我這才恍然大悟其中的奧妙了！過了一個多月，全部的遷入石牌新校舍，學生是規定要住讀的。學校當局，也就趁這機會，下了整頓的決心，每個教室，都編了座位號碼，由註冊課派人來點名。可是結習難除，等到點過名之後，學生還是有趁著教授們聚精會神在講書的時候，偷偷溜走的！有一次在我的班上，被我發覺了這麼一個頑皮學生，我馬上趕出教室，把他抓了回來。我對他說：「你這人太笨了！你不曾聽過『君子可欺以方』的這句老話嗎？你要偷懶，何不對我講，你要大小便，學學那村童的方法，那我可沒有理由來阻止你不出去。」引得大家都笑起來，這位也有些「內愧」，以後便沒有這怪現象了。我以為現在做教師的態度，應該是要叫學生們「畏而愛之」的。過於隨便，固然有損尊嚴，如果一味對他們板起面孔，好像閻羅王般的，也不是道理。我以為最好是學些古代名將「恩威並用」的帶兵方法，合著幾分杜甫先生「莊諧雜出」的作詩態度，那是最適宜不過的了。我素來是喜歡天真活潑，帶些稚氣的。現在雖然年過四十了，還常常和我的學生，以及我的孩子們，脫略形跡的一起玩。我很少正顏厲色的去罵我的學生和孩子們，偶然要教訓他們，總是輕描淡寫的，用旁敲側擊的說法，叫他們自己覺著難為情，而自動的去改過自新。石牌本來是一片荒山，距離廣州市內，約摸有三十多里的路。除了特備的長途汽車，可以直達校門，其他的交通工具是沒有的。

我住在東山，每天總是清早起來，吃了些牛乳，就趕上石牌去的。有時候跑到學生宿舍裡，隨隨便便的看看我那中文系的學生。有的還沒起床，看見我來了，說一聲「先生早」！覺得有些兒不自在，一骨碌的都爬起來了。我自己擔任的課程，仍是文學史，和詞曲這一類。那時中大有一位老詞家陳海綃先生，在那裡教詞有了十多年的歷史。彊邨先生對他的詞，是極端推重的，我也深深的表示敬仰。可是他說得太高了，專門對學生講《夢窗詞》，學生不能夠個個瞭解。我是服膺孔老夫子因材而教的，所以另外選了些東西，對學生們由淺入深的詳細分析的來講，並且叫他們多多的練習，果然不到半載，就有些成績斐然了！其實我的詞學功夫，和海綃翁比起來，真有天淵之別，不過談起學生的受用來，我教的比較容易消化些罷了。那時程度最好的有孔憲銓、羅時暘、程蒨薇、黃慶雲等。我覺得在中國最有出息的人才，要算兩廣和湖南的子弟。我那時有「從知天地英雄氣，偏在三湘五嶺間」的句子，寫在孔憲銓的紀念冊上，那全篇我卻記不起來了！

我命中是要多受折磨的！我到一處，都因苦幹的結果，得著學生的敬愛，同時就遭受同事們的嫉妒和攻擊。我自攜家過嶺以後，敬軒被派到歐洲去講學，接任文學院長的是一位哲學博士范錡先生，他的為人，是頗直率而好大言的。不曉得受了什麼人的挑撥，開始和我搗起亂來！公開的對學生講，說我是要把中大造成暨南的勢力，一面慫恿著鄒校長，把我介紹的教授黃公渚先生拒絕了！我當時氣忿不過，預備立即回到上海。我對他們講：「你們不要看小了我，我不是要到廣東來爭飯吃的！我吃的米，都是從上海在郵局裡寄來（我因為患著多年的胃疾，醫生要我吃麵包和常熟一帶特產的黃米，所以特地用洋鐵匣裝著付郵寄了些來）。我是為的要幹一番事業，你們睜開眼來看罷！」鄒校長向陳協之先生打聽了公渚確是一個有學問的人才，才特地挽了許多人來向我道歉，范氏也親自跑到我的寓所裡，解釋了誤會，這才相安下來。

那時中山大學，規模的壯麗，和經費的充裕，在全國是「首屈一指」的！它自遷入石牌以後，還不斷的從事建設，並遵部令添辦了研究院。那文科研究所所長，原來是敬軒擔任的，向從他出了國，就由我和朱謙之先生（他一方擔任文學院歷史哲學系主任）輪流負責。我是素愛穿藍布長衫的。那時廣州的習慣，男人是不大看見穿這種顏色的服裝的，只有我還是不改其素的穿了到處跑。每次開校務會議，許多人都特別注意我，許久我才發覺是為的我那件藍布衫。我悠然的對他們講：「你們怕不怕？我是一個老資俗的藍衣黨呢！」有一天，陳協之先生在他那所顯園大會賓客，那廣州市長劉紀文先主，也是這樣的注視著我。他悄悄的問那旁坐的人，「這個藍色人物是誰呀？」那年的舊曆年尾，胡先生因為得著蔣先生「共赴國難」的電勸，毅然扶病歸國，到了香港。許多準備歡迎的南北大員，都麇集到香港去。我生平是不愛湊熱鬧的，雖然胡先生亟想和我見面，我直等到除夕的前一天，才悄悄的坐著三等火車去跑了一趟。胡先生晚上得著我的電話，就約定第二天早上，去暢談了兩小時，我下午又匆匆的回到廣州去了。事後聽到學生對我講：「香港一家最著名的小報——《探海燈》——在元日就登載著這麼一個消息，說胡先生返國以來，一批批的要人去拜會他的，至多不過接談幾十分鐘，不曉得昨天來了一位穿藍布長衫的什麼人物，倒談了那麼長久的時間呢！」後來胡先生被歡迎到了廣州，住在我那寓所附近的延園，我曾去談過幾次，也有不少的詩詞唱和。直到他在顒園去世的前幾天，還有一首和我〈泛荔子灣、賞紅棉、訪昌華故苑〉的絕句。他題我的授硯圖，有「常愛古人尊所學，更為後輩廣其途」這樣精警的兩個句子，事隔數年之後，汪先生見著我，還是常常提起，稱美不置的！

胡先生下世時，我做了三首五古去哭他，開首就是「我本為公來，公去我何之!?」這麼沉痛的十個字。幸而我在中大幹得有些成績了，同事們都還處得相當好。當地的老前輩汪憬吾先生，潔身高隱，素來是不問外事的，對我也特別愛護。還有常德楊雪公先生，是一個崛強耿直的硬漢，追隨中山先生和胡先生從事革命，非常之久，也是和我最談得來的。我雖然有此不服水土，弄得胃病大發，而精神上總還得著相當的安慰。再加那位醫學院長劉嘯秋先生，從我學詞，全家的醫藥顧問，是不花錢的。所以我也此打算一直的幹下去，並且準備下年教授住宅落成，就全家搬到石牌去，「日啖荔枝三百顆，不辭長作嶺南人」了。到了暑假，鄒校長還叫我去約公渚南來，可是公渚已應了國立山東大學的聘。我在廣州休息了一個暑假，不曾離開。想不到突然的所謂「西南事變」發生了！廣州市內有準備巷戰的謠言，我拗不過妻的主張，匆匆的把所有的什物和兒女，趁著太古公司的輪船，回到了上海。別的不打緊，這一年多的經濟損失，確有些壓得我透不過氣來！

六、苦難的緊張生活

我把家眷在上海安頓妥了，本想隻身再到廣州去的。一直到秋季開學期間，那事變因了桂系態度的強硬，還沒澈底解決。我的胃病和濕氣，又發得特別厲害起來。心想這逆運到來，也是無可避免的。當時向中大告了半年的假，暫在上海閒住起來。這時各學校都早經開學了，幸虧國立音專的校長蕭先生，仍舊把我的教席保留了年餘之久，除卻扣去請人代課的鐘點費外，所有寒暑假的薪俸，都送給了我，我把它來做了醫藥費。可是一家十餘口的生活費，無法解決。那半年的收入，只有音專六小時的月薪，還不到一百圓，這卻叫我有些著慌。我的老友孫鷹若先生，正在蘇州辦章氏國學講習舍，約我每星期去講一次，每月送我一百五十圓的夫馬費。我禁受不了那蘇州街道的顛簸，往往是帶病而歸。我這時的狼狽情形，較之那初到上海做小學教員的時候，是有過之無不及的！我的胃病，發得連開水喝下去都得吐出來，我的妻總是背地向人家借些款子，又換去了些首飾，才勉強度過了這半年的難關。蕭先生待朋友真厚道！到了春季開學，設法將我改作專任，我因為身體不好，就把再度南遊之意打銷了。二十六年的春夏之間，我還是強扶病體，奔馳於蘇滬和市中心區（那時音專的新校舍建築在上海市政府的附近）一帶，只有增加我的疾痛，仍舊解決不了全家的生活問題！到了那年暑假，承蒙錢子泉先生（他原是光華大學的文學院長，這時和我也是不曾見過面的）的好意，把我推薦給張校長，聘我做專任教授，合之音專，也有每月四百餘圓的收入，家用是勉強敷衍得去了。卻料不到「八一三」事變爆發，光華的校舍被毀了，音專也自市中心區搬到法租界來，人心皇皇的，大有朝不保夕之勢。後來雖然各學校都在租界內租著幾幢小房子，勉強的開了學，可是都為了經費竭蹶，對教授們減時減薪。大家為了迫於饑寒，只好拚命的去謀兼課，我也足足兼了五個學校，每週授課至三十二三小時之多。這五個學校，又是散布在四角和中央的。所以整天的提著我那破舊的討飯袋，這邊下了課，立即踏上電車或公共汽車，趕到那邊去，那種可笑的奇形怪狀，確是「罄竹難書」，這怎會有什麼教育效率可言呢？在那炮火震天的時候，暨南也搬到租界上來開學。恰好那舊時同事李熙謀先生（原任暨大的理學院長）屈就了中學部主任。那中學部的學生，多半是道地的華僑子弟。熙謀知道我在暨南的歷史，想借重我來鎮壓附中，三番兩次的跑到我家來，拉我去幫忙。我卻不過他的好意，又對華僑子弟，不免有些顧念，就和他約好，我絕對不和何某發生交涉，他一口承允了，我才去兼任了一學期的教導主任。我認為在危難的時期，我們是應該挺身出來，擔負一切責任的。我在這個時期內，卻也費了不少的心血，自問還對得起那遠隔重洋的華僑父老。當那暨大自真茹遷入租界之後，那校長總是銷聲匿跡的躲在法租界，不大肯出來和學生見面，只把附中的僑生，勉強安頓在那一間靠近閘北和蘇州河的某私立中學裡，這一帶是大家認為非安全區域的。我自接事之後，就一面督促郭主任，趕快設法另覓比較安全的地點，一面對學生表示，我決和大家誓共安危。我是說了就幹的，每天晚上，我總坐了一部黃包車，跑到那宿舍裡去看他們。在那裡夜深人靜的當兒，遙望著那隔河的炮火，此往彼來的交織著，我還是若無其事的，到他們宿舍裡，巡視一周，叫他們早些安睡。不久就把他們搬到靜安寺附近的一所中學裡來。我晚上總是去監視他們自修的。有的不到，我就到宿舍或廁所裡去找，一班調皮的華僑子弟，也漸漸的給我弄得馴服了。直到我入京以後，遇著幾個在京服務的僑生，還很高興的說：「我是當時被先生抓住才出來自修的頑皮學生呢！」

中國的社會，是叫志士們短氣的！等到上海聽不著了炮聲，爭權奪位的又來了，連這麼一個小小的教導主任，也有人來打主意！「不知腐鼠成滋味，猜意鵷雛竟未休」！我讀著李義山這兩句詩，只好付之一歎！我把這職務辭掉了，為了要養活妻子，卻還硬著頭皮，兼了兩班高中國文。同時在新創的太炎文學院，擔任著國文系主任，又在復旦兼了些鐘點，直累的喘不過氣來！這五個學校，在音專比較歷史最久，待遇最優，成績也就比較好些。這不是我心有所偏，只有精力關係，有的地方是顧不周到的，我現在還有些「內疚」呢！

在二十九年的春季，我因積勞所致，胃病又發得不能支持了！為著種種的因緣，才辭掉了各校的職務，暫時脫離了那緊張的教書生活。可是不到半年，我又回到本來的崗位，專心致志的，辦我的文學刊物——《同聲月刊》，一方面又擔任著教幾點鐘書，整天的躲在家裡，度那「閉門自成世」的日子，倒也覺得耳目清淨。可是回首當年文物風流之盛，和我個人所經歷的可喜可悲，炎涼變幻的情景，真和做夢一般，要不勝今昔之感呢！

七、自我的檢討

最後我也來一次「檢討過去，策勵方來」。我相信我自己是一個身體單弱而意志堅強，怯於酬應而勇於任事的笨人。我的做人方針，雖然大致不錯，卻因為缺少了養氣功夫，有時理智克服不了情感，以致喜怒易形於顏色，往往會上人家的圈套。我的治學門徑，雖然相當清楚，卻因為家累的煩重（我現在要擔負八個兒女的教育費，養活一家十五六口），和教書太久的緣故，沒有餘閒去竟其所學，在學術上不會有很多的貢獻。我相信我是個虛心服善人，對於師友的匡助指導，是「拳拳服膺」的，尤其是我的知己，我恨不得「殺身以報」。據我個人二十多年的經驗，和觀察所得，相信復興中國的中堅人物，是出在三湘五嶺間的。我佩服曾文正公腳踏實地的幹法，我相信建國人才，是要「樸拙」而不尚「華巧」的。我最恨「賣力不討好」這句話，認為這是中國近代政治腐敗，學術衰退的最大病根。我以為一個人既是生來有「力」，就應該對國家社會，有一分盡一分的「賣」去，至於討好不討好，是不應該去計較的。我雖然也做了許多「賣力不討好」的呆事，受了許多的苦難和打擊，卻是並不後悔的，只恨「歲不我與」的精力日衰，以至無「力」可「賣」，那才是「志士之大痛」呢？我認為今日國家的危險，雖然多半由於生產落後，國力不充，而受病之源，尤在國民道德一般的墮落，而欲挽回這個頹勢，又非注意改良教育，並先訓練一大批的智德兼備，可作模楷的師範人才不可。我這幾年來，頭上的白髮，如春筍般的怒發出來，卻並不因為這個而減低我那前進的雄心。我夢想著有一天，能夠得著一塊小小的獨立的園地，糾合一班有人格、有學問、有毅力的同志們，通力合作，實現我那十年來所抱的「三化」主義教育——學校家庭化、知識科學化、生活平民化——來翊贊復興中華的偉大使命！

中華民國三十二年二月十三日，脫稿於金陵寓廬之荒雞警夢室。

新鋭文叢43　PC0700

新鋭文創
INDEPENDENT & UNIQUE

詞學十講：詞學大師龍沐勛的最後講義

原　　著	龍沐勛
主　　編	蔡登山
責任編輯	洪仕翰
圖文排版	楊家齊
封面設計	葉力安

出版策劃	新鋭文創
發 行 人	宋政坤
法律顧問	毛國樑　律師
製作發行	秀威資訊科技股份有限公司 114 台北市內湖區瑞光路76巷65號1樓 電話：+886-2-2796-3638　傳真：+886-2-2796-1377 服務信箱：service@showwe.com.tw http://www.showwe.com.tw
郵政劃撥	19563868　戶名：秀威資訊科技股份有限公司
展售門市	國家書店【松江門市】 104 台北市中山區松江路209號1樓 電話：+886-2-2518-0207　傳真：+886-2-2518-0778
網路訂購	秀威網路書店：http://store.showwe.tw 國家網路書店：http://www.govbooks.com.tw

出版日期	2017年10月　BOD一版
定　　價	420元

Printed in Taiwan

國家圖書館出版品預行編目

詞學十講：詞學大師龍沐勛的最後講義 / 龍沐勛原著 ; 蔡登山主編. -- 一版. -- 臺北市 : 新銳文創, 2017.10

面； 公分

BOD版

ISBN 978-986-95251-3-8(平裝)

1. 詞

823 106013819

讀者回函卡

感謝您購買本書，為提升服務品質，請填妥以下資料，將讀者回函卡直接寄回或傳真本公司，收到您的寶貴意見後，我們會收藏記錄及檢討，謝謝！

如您需要了解本公司最新出版書目、購書優惠或企劃活動，歡迎您上網查詢或下載相關資料：http:// www.showwe.com.tw

您購買的書名：________________________________

出生日期：________年________月________日

學歷：□高中（含）以下　□大專　□研究所（含）以上

職業：□製造業　□金融業　□資訊業　□軍警　□傳播業　□自由業

□服務業　□公務員　□教職　□學生　□家管　□其它_____

購書地點：□網路書店　□實體書店　□書展　□郵購　□贈閱　□其他

您從何得知本書的消息？

□網路書店　□實體書店　□網路搜尋　□電子報　□書訊　□雜誌

□傳播媒體　□親友推薦　□網站推薦　□部落格　□其他__________

您對本書的評價：（請填代號　1.非常滿意　2.滿意　3.尚可　4.再改進）

封面設計____　版面編排____　內容____　文／譯筆____　價格___

讀完書後您覺得：

□很有收穫　□有收穫　□收穫不多　□沒收穫

對我們的建議：________________________________

____

____

____

請貼
郵票

11466
台北市內湖區瑞光路 76 巷 65 號 1 樓

秀威資訊科技股份有限公司　　收

BOD 數位出版事業部

（請沿線對折寄回，謝謝！）

姓　　名：＿＿＿＿＿＿＿＿　年齡：＿＿＿＿　性別：□女　□男

郵遞區號：□□□□□

地　　址：＿＿＿＿＿＿＿＿＿＿＿＿＿＿＿＿

聯絡電話：（日）＿＿＿＿＿＿＿＿（夜）＿＿＿＿＿＿＿＿

E-mail：＿＿＿＿＿＿＿＿＿＿＿＿＿＿＿＿